I0733357

Adams geheimnisvolle Braut

FARRADAY COUNTRY ❧ BOOK ONE

CHRIS KENISTON

Indie House Publishing

DANKSAGUNG

Für jemanden, der in der Stadt geboren wurde und aufgewachsen ist, kann es mitunter eine Herausforderung sein, über die ländliche Gegend und die Ranches von West-Texas zu schreiben. Besonders, wenn man selbst nie Umgang mit Vieh hatte.

Damit es mir dennoch gelingen konnte, brauchte ich Unterstützung von vielen Leuten. Ich möchte meinen guten Freundinnen, den Autorinnen Lindsey McKenna und J. M. Madden, dafür danken, dass sie mich davon abgehalten haben, im Umgang mit den Tieren im Stall irgendwelche Fehler zu machen.

Ich danke meinem Sohn James dafür, dass er in diesem Teil des Staates die Uni besucht hat, weswegen ich zumindest eine grobe Vorstellung davon habe, wie ein echter Cowboy aussieht und wie es sich anfühlt, im einzigen Restaurant der Stadt zu Abend zu essen.

Und wenn ich überhaupt nicht mehr weiterweiß und die Charaktere aufhören, mit mir zu reden, steht mir die Autorin S. E. Smith zur Seite. Ihr danke ich dafür, dass sie Brainstorming mit mir betrieben hat, bis das Ende in Sicht war.

Ihr alle seid einfach klasse!

KAPITEL EINS

Dem fremdgehenden, hinterhältigen Dreckskerl zwischen die Augen zu schießen, war nicht die beste Idee, die sie je gehabt hatte. Schließlich gab es in Texas die Todesstrafe. Aber eine gut platzierte Kugel in jedes seiner Eier könnte funktionieren. War Lorena Bobbitt nicht ungeschoren davongekommen, nachdem sie ihrem Mann den Penis abgeschnitten hatte?

Margaret Colleen O'Brien blickte auf die Uhr in ihrem Armaturenbrett. Sie war die ganze Nacht durchgefahren und hatte währenddessen nach den befriedigendsten Möglichkeiten gesucht, sich an Jonathan J. Cox zu rächen. Ihm die Eier wegzuschießen war bis jetzt auf Platz eins.

Adam Farraday ließ seinen müden Körper in den Fahrersitz seines Pickup-Trucks fallen. Lange Nächte wie diese – ohne Zeit zum Schlafen – waren der absolute Horror. Doch wenn das Glück auf seiner Seite war, war die Euphorie am Morgen danach unbeschreiblich. Oder in diesem Fall kurz vor dem Morgen. Um sechs Uhr dreißig blinzelte die Sonne noch kaum über den Horizont. Er hatte gerade genug Zeit, um vor seinem ersten Termin für eine schnelle

Dusche, neue Klamotten, eine Gallone Kaffee und dem letzten Stück Zimtstreuselkuchen seiner Tante Eileen zurück in die Stadt zu fahren.

Oder auch nicht.

Der Wagen am Straßenrand vor ihm war schnittig, rot und neigte sich auf eine Seite. Welcher Idiot fuhr mitten in der Nacht so ein Auto in diesem abgelegenen Teil des Landes? Er konnte es sich genau vorstellen: ein alternder Anwalt, der versuchte, seine Jugend hinter dem Steuer eines roten Sportwagens wiederzufinden. Und als ob das noch nicht genug war, musste der Idiot das auch noch im Viehzuchtgebiet von West-Texas machen.

So viel zu der Dusche und dem Streuselkuchen. Dem alten Mann – der vermutlich nicht einmal wusste, wo sein Ersatzreifen zu finden war – den Reifen zu wechseln würde wahrscheinlich so lange dauern, dass Adam froh sein konnte, wenn er es noch rechtzeitig zur Arbeit schaffte. Er fuhr an den Straßenrand und murmelte vor sich hin: „Gott, verschone mich vor diesen dummen Großstadtbewohnern."

Nachdem er ein paar Meter hinter dem gestrandeten Sportwagen geparkt und den Motor abgestellt hatte, öffnete sich die feuerrote Fahrertür. Und ein Engel stieg aus.

Er blinzelte zweimal und kam zu dem Entschluss, nicht zu halluzinieren. Der Anblick vor ihm war definitiv kein glatzköpfiger Anwalt in der Midlifecrisis. Eine umwerfende Rothaarige in einem fließenden Kleid stand steif an der Autotür.

Er stieg aus seiner Fahrerkabine und ging in ihre Richtung. Sie lächelte ihn unsicher an und er bemerkte, dass sie sich fester an die Fahrertür klammerte. Mit seinen ein Meter sechsundneunzig war er auf einer verlassenen Landstraße im Niemandsland für jeden ein beängstigender Anblick, selbst für einen Engel. Nur dass dieser Engel keine Flügel hatte.

Je näher er der Frau kam, umso besser konnte er ihre Gesichtszüge erkennen. Augen so strahlend blau, dass er die Farbe selbst im schwachen Licht der Morgendämmerung erkennen konnte. Ihr Haar, das ihr bis zur Schulter ging, erstrahlte durch das Sonnenlicht in natürlichen Highlights. Noch ein Schritt und er sah noch klarer. Sein Engel war nicht nur eine Frau. Sie war eine Braut.

Was von ihrem Schleier noch übrig war, hing schief herunter, und angesichts ihrer verwischten Wimperntusche erwartete er nicht, irgendwo in der Nähe einen Bräutigam zu finden.

„Sieht aus, als hätten Sie ein paar Probleme."

Ihre Augenbrauen schossen hoch und diese strahlend blauen Augen blitzten in einem stürmischen Grau auf. „Was Sie nicht sagen?"

Er dachte darüber nach, sich zu entschuldigen, auch wenn er nicht wusste, wofür. Also entschied er sich, ihr Verhalten zu ignorieren und sich nur um den Wagen zu kümmern. Je eher sie wieder auf der Straße war, umso schneller würde er seine heiß begehrte Dusche bekommen. „Haben Sie einen Ersatzreifen?"

„Im Kofferraum."

Er machte sich auf den Weg zur Vorderseite des Wagens, legte den Hebel unterhalb des Lenkrads um und öffnete dann den Kofferraum. Er brauchte etwa dreißig Sekunden, die Sachen im Inneren, inklusive der einen Tasche, die sie bei sich hatte, zur Seite zu schieben, den Ersatzreifen herauszuheben, ihn auf dem Boden aufspringen zu lassen und ein Problem zu erkennen. „Sorry, Ma'am, aber wann haben Sie zum letzten Mal die Luft in diesem Reifen geprüft?"

Dieselben Augenbrauen, die vor einer Minute noch bis zu ihrem Haaransatz hinaufgeschossen waren, zogen sich zu einem scharfen V zusammen. Dann blies sie ein lautes Seufzen aus. „Das ist nicht mein Auto."

Ookaay. Eine schnippische Braut in einem gestohlenen Auto. Einem gestohlenen Auto mit einem Platten. Welch ein toller Anfang für einen vermutlich sehr langen Tag. Er nahm seinen Hut ab, klopfte ihn an seinem Oberschenkel ab und atmete tief ein.

„Es ist seines", sagte sie leise. Plötzlich nicht mehr so wild. Das Funkeln von aufkommenden Tränen war in ihren Augen zu erkennen, bevor sie sie wegblinzelte und sich wieder aufrichtete. Wieder gefasst. „Ein Hund."

Adam ließ seinen Blick von ihrem Kopf bis zu ihren Zehen schweifen, wobei er eine kurze Sekunde an ihrem schönen Dekolleté innehielt, bevor er seine Aufmerksamkeit wieder ihrem Gesicht zuwandte. „Zumindest hat er einen guten Geschmack."

Ihre momentane Erzürnung über seine Blicke wich dem Ausdruck völliger Verwirrung. „Was?"

„Er hat einen guten, ähm, Autogeschmack."

„Der Hund?"

„Wenn Sie das sagen." Obwohl sein erster Gedanke war, dass jemand, der einen solchen Hingucker davonlaufen ließ, ein absoluter Idiot sein musste. „Ich kann Sie und den Ersatzreifen in die Stadt mitnehmen. Ned wird den Reifen richten und Sie zurückbringen."

Sie schüttelte den Kopf. „Ich warte auf Tageslicht. Ich muss ihn finden."

Adam blickte sich flüchtig um. Alles was er um sich herum sehen konnte, war der trockene Lehmboden von West-Texas. „Wen?"

„Den Hund!", schnauzte sie heraus. „Ich muss ihn finden. Oder sie."

Oder sie? „Ma'am, es war eine lange Nacht. Ich brauche dringend einen Kaffee und habe noch einen langen Tag vor mir. Wovon genau reden Sie?"

„Dem Hund." Sie deutete mit dem Arm in der Gegend herum. „Er – oder sie – kam aus dem Nichts und rannte mir einfach vor den Wagen. Ich bin ausgewichen, dabei habe ich einen Platten gefahren. Und nun stehe ich an dieser gottverlassenen Straße. Ich muss etwas erwischt haben ... Oh, Gott." Sie lehnte sich an den Wagen. „Sie denken doch nicht, dass ich ihn angefahren habe, oder? Ich meine, ich weiß es nicht."

Er hatte keine Zeit zu antworten, da seine Vision in Weiß sich vom Wagen weggedrückt hatte und auf der Suche nach ... einem Hund davongestürmt war. Wenn der Hund von irgendjemandem so weit von zuhause weggelaufen war und sie ihn angefahren hatte, wodurch sie von der Straße abgekommen war, könnte das Tier irgendwo zusammengekauert hinter einem Felsen liegen und seine Wunden lecken, bis es langsam an seinen inneren Verletzungen verendete. Verdammt. Der Kreislauf des Lebens.

„Warten Sie", rief er.

Sein Engel in Weiß hatte bereits ihr Kleid hochgehoben und die Schichten aus Stoff über einen Arm geworfen. So sehr sie ihr auch standen, Zehn-Zentimeter-Absätze waren keine akzeptablen Wander-schuhe. Zumindest war der trockene Lehmboden von Texas hart wie Stein, ansonsten wäre die Lady wie ein Golf-Tee bei jedem Schritt eingesunken. Das einzige potenzielle Risiko war, dass sie sich einen Knöchel brechen könnte.

Er griff nach ihrem Arm und hielt sie fest. „Was für eine Art Hund suchen Sie?"

„Ich weiß nicht." Ihre Augen suchten wieder die Gegend ab. „Nicht klein. Vielleicht mittelgroß oder etwas größer. Flauschiger Schwanz. Sie wissen schon, kein dünner Schwanz wie bei einem Labrador. Dunkles Fell. Zumindest denke ich das. Ich weiß nicht." Erneut sammelten sich Tränen in ihren Augen und sie wischte sich mit der Hand über die Wangen.

„Wissen Sie was?" Adam zog ein Taschentuch aus seiner Brusttasche und reichte es ihr. „Das klingt für mich so, als hätten Sie einen Kojoten gesehen."

Augenblicklich verwandelte sich ihr besorgter Gesichtsausdruck in leichte Furcht. „Einen Kojoten?"

Er verkniff sich ein Lächeln. „Die sind hier sehr verbreitet und wenn sie so einen gesehen haben, ist er vermutlich bereits weit weg und wohl auf. Aber ..." Er hob seine Hand, um sie davon abzuhalten, irgendwelche Einwände vorzubringen. „Nur für den Fall setzen Sie sich in meinen Truck – bevor Sie sich noch den Hals brechen, wenn Sie mit diesen Schuhen hier herumlaufen – während ich schnell die Gegend absuche und sicherstelle, dass hier nirgends ein verletzter Hund ist."

Die Vision in Weiß öffnete ihren Mund, ohne Zweifel um zu diskutieren, doch kam nicht dazu. Da er sich nicht mit einem verletzten Hund *und* einer Frau mit gebrochenem Knöchel auseinandersetzen wollte, hob er sie wie ein Bräutigam, der seine Frau über die Schwelle tragen wollte, hoch, um sie in der Sicherheit seines Trucks zu verstauen.

Er verkniff sich ein Lächeln über ihren überraschten Aufschrei und dann den Wortschwall an Beschimpfungen, während sie ihm wiederholt auf die Schulter schlug.

„Lassen Sie mich runter!", rief sie.

„In einer Sekunde."

„Um Gottes Willen, ich kann selbst gehen!" Ihre Beine wirbelten nun wie eine verrückt gewordene Schere herum, während sie weiter auf ihn einhämmerte und so laut kreischte, dass es vermutlich jedes Lebewesen von hier bis nach El Paso hören konnte: „Ich sagte, lassen Sie mich runter!"

Um sie davon abzuhalten, ihn weiter zu schlagen, warf er sie über die Schulter, riss die Tür seines Trucks auf und setzte die sich windende Frau in den Sitz. „Ich hole meine Tasche und suche nach dem Kojoten. Sie blieben hier."

Er war hundemüde – oder wie seine Tante Eileen es ausdrücken würde, tot und zu dumm, um umzufallen –, doch falls seine fehlgeleitete Braut recht hatte und hier irgendwo ein verletzter Hund war, musste er ihn finden.

Sehr zu seiner Überraschung blieb seine ansonsten sehr redselige Braut still sitzen, während er die Hintertür der Fahrgastzelle öffnete und seine Arzttasche herausholte.

„Da!" Sie deutete mit dem Arm und sprang aus dem Truck. „Oh, er humpelt."

„Stopp." Adam streckte den Arm aus und packte sie, bevor sie davonlaufen und sich den Hals dabei brechen konnte, wer-weiß-was zu verfolgen. „Ich gehe. Sie bleiben hier."

In der Ferne sah er einen sich langsam bewegenden Schatten. Zu groß für einen Kojoten. Verdammt. Sie hatte Recht gehabt. Irgendwie hatte sich ein Hund hier mitten ins Nirgendwo verirrt. Adam ging in die Knie und pfiff leise, dann rief er: „Hier, Junge."

Der Hund hob den Kopf und Adam hätte, wüsste er es nicht besser, schwören können, dass der Hund ihm zunickte, bevor er sich umdrehte und wegging.

„Oh, er geht!" Erneut trat sie vor, sichtlich bereit, dem Hund nachzulaufen. Und erneut musste er sie packen und umdrehen. „Wirklich, Miss, würden Sie *bitte* mich den Hund verfolgen lassen?"

Sie drehte sich in die Richtung des Tiers. „Aber er ist ..."

Sie verstummte langsam und Adam folgte ihrem Blick. Der Hund war verschwunden. Die nächste

Ansammlung von Steinen, hinter denen er sich hätte verstecken können, war viel zu weit entfernt. In den paar Sekunden, die er sich umgedreht hatte, hätte er es nie so weit geschafft. „Bleiben Sie hier. Bitte.", wiederholte er.

Mit fest zusammengepressten Lippen nickte sie ihm zu und flüsterte dann leise. „Beeilen Sie sich, bitte."

Die Sonne stieg höher über den Horizont und warf ein warmes Licht auf den trockenen Boden. Mehr als direkt nach dem Hund zu suchen, sah sich Adam eher nach etwas um, was der Hund als Unterschlupf benutzen konnte. Aber es gab nicht eine Sache, die groß genug war, um ein Tier dieser Größe zu verbergen. Er erreichte die Stelle, an der er den Hund zuletzt gesehen hatte. Keine Spuren. Er hatte ihn sich nicht eingebildet. Sie beide hatten das Tier gesehen. Er musste hier irgendwo sein. Oder nicht?

Ein paar Schritte weiter stoppte Adam, um zurückzublicken. Er konnte den Gesichtsausdruck der Braut nicht mehr erkennen, doch er konnte die Intensität spüren, mit der sie ihn und das brache Land um ihn herum beobachtete. Vermutlich war sie an ihrem Hochzeitstag sitzengelassen worden, bevor sie hier mitten im Nirgendwo des Viehzuchtgebiets von West-Texas gestrandet war, und doch galt ihre einzige Sorge einem verletzten Hund. Er musste nachsichtig mit diesem Großstadtmädchen sein. Selbst wenn sie in Zehn-Zentimeter-Absätzen und einem Hochzeitskleid hier herumstapfte.

Das brache Land um sich herum absuchend pfiff Adam mehrmals und wartete. Nichts. Kein Zeichen irgendeiner vierbeinigen Kreatur. „Okay, Kumpel. Wie bist du überhaupt hierher gelangt? Und wo zum Teufel hast du dich jetzt versteckt?"

KAPITEL ZWEI

Okay, was jetzt? Meg stand in dem engen kleinen Waschraum im hinteren Teil der Werkstatt. Wenn sie daran dachte, wie lange sie sich dieses Vera-Wang-Hochzeitskleid gewünscht hatte, das jetzt auf dem dreckigen Boden lag, fragte sie sich, wie gefährlich es wäre, wenn sie es mit einem Streichholz anzünden und dabei zusehen würde, wie es wie der Rest ihres Lebens in Flammen aufging. Diese aufwändige und übertriebene Hochzeit, auf die sich ihre Mutter und Jonathan geeinigt hatten, hatte sie nie gewollte, doch dieses Kleid hatte sie wirklich geliebt.

„Sind Sie in Ordnung, Miss?", rief Ned, der hagere alte Mechaniker – der ihrer Meinung nach schon zu Zeiten des Model T gelebt hatte.

War sie in Ordnung? Der Mann, dem sie ihr Herz und ihre Seele – und ihr Bankkonto – anvertraut hatte, war ein Lügner und Betrüger. Jedes Mal, wenn sie daran zurückdachte, wie sie an der Zapfsäule stand und ihre Kreditkarte abgelehnt wurde, erinnerte sie sich, warum es so eine befriedigende Lösung gewesen wäre, diesem schmierigen Arschloch die Eier wegzuschießen. Wie sie herausgefunden hatte, war mit ihrer jetzt überzogenen Visa-Karte ihre spektakuläre Erster-Klasse-Hochzeitsreise nach Europa bezahlt worden.

„Miss? Wenn ich nach ihrem schicken Flitzer sehen soll, muss ich jetzt los."

Sie blickte nach unten auf das T-Shirt und die

Caprihose, die sie trug und hoffte, dass sie nicht zu sehr nach dem aussahen, was sie waren – etwas, dass sie gestern getragen hatte, bevor sie in ihr Hochzeitskleid geschlüpft war. Nachdem sie das Kleid schnell in den Mülleimer gequetscht hatte, griff sie nach dem Türknauf und öffnete. „Ich bin bereit. Gehen wir." Das Innere des Abschleppwagens war in keinem besseren Zustand als die Toilette, auf der sie sich umgezogen hatte. Ignorierend, dass die Sitze von Panzertape zusammengehalten wurden und überall Ölflecke waren, stieg sie in den Truck.

„Sie hatten wirklich Glück, dass Doc Adam auf Thomas' Ranch war. Wenn sie mich fragen sorgt der alte Jake besser für seine geliebten Pferde als für seine eigene Familie. Auf jeden Fall, gut für sie, dass der Doc wegen der Geburt eines Fohlens da draußen war, ansonsten wären Sie vielleicht noch Stunden, wenn nicht Tage auf dieser verlassenen Straße festgesessen."

Meg nickte. Sie hatte nicht viel gesagt, seit sie an der Werkstatt abgesetzt worden war, wo sie sich von einer Braut wieder in eine unverheiratete Frau verwandelt hatte und nun zu einem Mann in den Wagen gestiegen war, der direkt aus Andy Griffiths fiktiver Fernsehkleinstadt Mayberry stammen könnte. Aber das war auch nicht nötig. Ned, der Mechaniker, von dem Adam gesagt hatte, dass er alles mit einem Motor reparieren könnte, hatte die meiste Zeit das Reden übernommen.

Selbst wenn er eine Frage stellte, gab er ihr nicht die Zeit zu antworten, bevor er mit der Unterhaltung fortfuhr. Aber das war auch gut so. Denn gerade brauchte sie selbst Antworten.

Die Analoguhr im Armaturenbrett sagte ihr, dass es bereits acht Uhr war. Es hatte fast vierzig Minuten gedauert, um von ihrem liegengebliebenen Wagen in die Stadt zu kommen. Und noch ein paar Minuten, in denen der Mechaniker und der Tierarzt ihre ländliche Guten-Morgen-Routine veranstaltet hatten, während sie ihr Hochzeitskleid ausgezogen hatte. Jetzt, während sie den staubigen Horizont nach diesem dummen Auto absuchte, fragte sie sich, wie zum Teufel sie dieses Chaos reparieren sollte, zu dem ihre Welt geworden war.

Eines wusste sie sicher. Sie konnte nicht zurück. Nicht nach Dallas. Diese Entscheidung hatte sie irgendwo westlich von Fort Worth getroffen, etwa zur selben Zeit als sie ihr Navi ausgeschaltet und ihr Handy aus dem Fenster geworfen hatte und darübergefahren war. Zwei Mal.

„Gute Gene, diese Farradays." Neds Stimme durchbrach ihre Gedanken. „Sechs Jungs. Und sie sehen alle fast so gut aus wie ihre Schwester, Grace."

Meg blinzelte. Sie hatte keine Ahnung, wovon der Mann sprach.

„Eine Schande, das mit Helen. Gute Frau. Sie wäre verdammt stolz auf ihr kleines Mädchen."

Ihr Kopf ratterte, um der Unterhaltung zu folgen. Farraday? War das nicht der Nachname dieses Cowboy-Tierarztes? Ja, Adam Farraday. Nachdem sie die Suche nach dem verschwundenen Hund aufgegeben hatten, hatten sie sich vorgestellt. Er war kaum damit fertig gewesen, ihr zu versichern, dass der ortsansässige Mechaniker mehr als qualifiziert war, das Problem mit ihrem Wagen zu lösen, da war sie auf der Fahrt in die Stadt bereits eingeschlafen.

„Da sind wir." Ned stieg aus dem Abschleppwagen und schlenderte zu ihrem Auto. Er sah mehr nach jemandem aus, der sein ganzes Leben auf einem Pferd verbracht hatte, anstatt mit einem Schraubenschlüssel in der Hand. „Erst einmal wechseln wir den Reifen. Dann schauen wir unter die Haube."

Meg drückte auf ihren Schlüssel, um den

Kofferraum zu öffnen. Da sie lediglich warten konnte, sah sie sich bei Tageslicht um. Die Aussicht war nicht viel besser als in der Nacht zuvor. Soweit ihre Augen sehen konnten, gab es nur Dreck, Staub und noch mehr Dreck. War es wirklich möglich, dass alles bis zum Horizont diesen Gelbton hatte? Es musste doch irgendwo etwas Farbe geben. Ein grüner Strauch, eine braune Kuh, ein buntes Pferd. Irgendetwas?

Und wohin war dieser Hund verschwunden? In ihren geliebten Anna-Klein-Slippern dachte sie darüber nach, die nahegelegenen Steinhaufen nach einem Zeichen des verwundeten Tiers abzusuchen, doch verwarf den Gedanken. Wenn er in der Nähe wäre, hätten sie ihn bereits heute Morgen gefunden. Doch sie war trotzdem verwundert.

„Ich hoffe, Sie haben es nicht eilig." Ned wischte seine Hände an einem Lappen ab und schlug die Motorhaube des Wagens zu.

„Was ist los?"

„Sie haben mehr als nur einen Platten. Die Pfütze da unten? Sie haben vermutlich einen Stein erwischt, da ihr Kühler leckt. Ich muss ihn auf die Hebebühne bringen, um sicherzugehen, dass es keine Probleme mit der Radaufhängung gibt."

Auch wenn sie nichts über Autos wusste, würde sie bei ihrem gegenwärtigen Glück wetten, dass das nicht billig werden würde. „Wie viel wird das kosten?"

Ned schloss die Augen und blickte nach oben. Mit jeder Sekunde, die verging, verspürten ihre gestressten Nerven den Drang, jemandem Druck zu machen.

„Wie ich sagte, ich kann nichts Genaues sagen, bis ich es mir genauer angesehen habe, aber die Teile werden nicht billig werden. Wenn ein normaler Kühler etwa 300 Dollar kostet, wird einer für dieses importierte Baby mindestens 1200 Dollar kosten, wenn nicht mehr. Und das sind nur die Teile."

Zwölfhundert? Es könnten genauso gut Zwölftausend sein. Sie saß ohne Geld, ohne Job, ohne Auto und ohne ein Leben hier mitten im Nirgendwo fest. Du sollst verdammt sein, Jonathan Cox.

„Du siehst aus, als hätte man dich überfahren." Becky Wilson war gerade einmal ein Meter sechzig und leicht genug, dass Adam sie mit einer Hand hochheben konnte. Obwohl sie zwölf Jahre jünger als er war und mit ihren blonden Haaren und dem Pony sogar noch jünger aussah, führte sie Adams Tierklinik mit derselben eisernen Hand, wie ihre Großmutter vor ihr die von Doc Simmons. Niemand wagte es, ihr zu widersprechen.

„Dir auch einen guten Morgen." Nachdem er fast eine Stunde mit Dornröschen verbracht und keine Zeit für eine Dusche gehabt hatte, nachdem er die ganze Nacht auf der Thomas-Ranch gewesen war, war dieser dürftige Konter alles, was er aufbringen konnte.

Vor einhundert Jahren war die ursprüngliche Inkarnation dieses Gehöfts die der Stadt nächstgelegene Ranch gewesen. Vor fünfzig Jahren hatte der Stadtrand seine Türschwelle erreicht und Doc Simmons hatte es gekauft, anstatt dabei zuzusehen, wie es abgerissen wurde. Da er damals ledig gewesen war, hatte er den ersten Stock zu einer Wohnung und das Erdgeschoss zu einer Tierklinik umgebaut. Die alte Scheune hatte er für ein Tierheim erhalten. Seit Adam die Ranch von Doc Simmons gekauft hatte, hatte er zusätzlich zu den existierenden Klinik- und Büroangestellten noch einen Pferdespezialisten und eine Rezeptionistin eingestellt. Er war verdammt stolz auf seinen Ruf und das Wachstum der Klinik.

Der Hauptflügel war nicht sehr groß, aber an Tagen wie heute fühlte sich der Weg den Flur entlang zu Adams Büro endlos an. Sein erster Termin war in ein paar Minuten – ein Golden Retriever, der zum jährlichen Checkup kam. Wenn Adam sich beeilte, würde er genügend Zeit für einen Kaffee und ein paar der Käsecracker haben, die er in seiner Schreibtischschublade bunkerte.

Als er um die Ecke bog, stoppte er abrupt. Eine Tasse heißer schwarzer Kaffee und ein Stück von Tante Eileens Streuselkuchens standen auf seinem Schreibtisch. Dampf stieg von der Tasse auf und er wunderte sich zum x-ten Mal über Beckys unheimlichen Sinn für Timing.

Der erste Schluck des warmen Gebräus fing an, ihm wieder Leben einzuhauchen. Nach einem Bissen des saftigen Streuselkuchens war er bereit, auf die Knie zu gehen und Becky die Füße zu küssen.

„Ich hab' den Kaffee eingeschenkt, als ich dich auf den Parkplatz fahren hörte." Ihr Timing war unvergleichbar. Becky stand mit verschränkten Armen und einem breiten Grinsen in seiner Tür.

„Danke." Er nahm noch einen großen Schluck. „Willst du mich heiraten?"

„Gut, dass du das nicht ernst meinst. Ich würde zwar gerne den ganzen Ruhm einheimsen, aber deine Tante hat den Kuchen auf dem Weg zum Silver Spurs voreigebracht. Außerdem würde Sally May mir nie vergeben."

Sally May Henderson war etwa um die sechzig und jedes Mal, wenn sie ihren Deutschen Schäferhund Rabb vorbeibrachte, zog sie Adam damit auf, dass er zu gut aussehend war und sie zu klein, zu alt oder zu verheiratet. Das machte sie mit allen Farraday-Brüdern.

„Hab' gehört, du hast heute morgen einen Fahrgast mitgenommen." Becky öffnete ihre verschränkten

Arme und betrat sein Büro.

Den letzten Bissen des Kuchens mampfend zog er eine Augenbraue hoch.

Becky zuckte mit den Achseln. „Hey, um sieben Uhr morgens ist die Innenstadt von Tuckers Bluff eine blühende Metropole."

„Blühende Metropole?"

„Okay, meine Großmutter hat dich die Mainstreet entlangfahren sehen und rief an."

„Die Lady hatte einen Platten auf der alten Farmstraße. Sie dachte, sie hätte einen Hund angefahren."

Beckys Augen weiteten sich besorgt und sie blickte über seine Schulter zum Fenster hinaus. „Wo ist er?"

„Gute Frage. In einer Minute humpelte er noch davon und in der nächsten war er weg."

„Verdammt. Ist er immer noch in deinem Truck?"

Da er noch nicht genügend Koffein in seinem Blutkreislauf hatte, brauchte er etwas, bis er ihre Frage verarbeitet hatte. „Nein, nicht *tot* weg. *Weg*, wie *verschwunden*."

„Hast du was von dem Fusel vom alten Thomas erwischt?"

Die Frage bedurfte einer entrüsteten Antwort, doch er war sogar zu müde, um nur die Augen über ihre Aussage zu verdrehen. Stattdessen schloss er sie und murmelte laut seufzend: „Nein."

Becky studierte ihn mit weiseren Augen als ihr junges Alter es vermuten ließen. „Soll ich D.J. anrufen und fragen, ob er jemanden hat, der nachsehen kann?"

Adam schüttelte den Kopf. Wäre der Hund zu finden gewesen, hätte er ihn gefunden. Und außerdem würde er seinen Bruder, den Polizeichef wegen einer anderen Angelegenheit anrufen müssen. Einem roten, vermutlich gestohlenen Sportwagen. „Haben wir die Laborergebnisse von Mrs. Quinns Katze schon?"

„Noch nicht.“

Die Klingel an der Tür kündigte den ersten Patienten an. Becky eilte zurück zu ihrem Posten, während Adam sich von seinem Tisch wegdrückte, bereit für den langen Tag, der vor ihm lag. Falls er am Ende des Tages nicht sofort erschöpft zusammenbrach, würde er vielleicht noch einmal zurückfahren und nach dem Hund suchen. Nur für den Fall.

„Ich halte deine fünf und erhöhe um zehn.“ Sally May Henderson warf drei rote Chips auf den Haufen in der Mitte des Tisches.

Eileen Callahan legte ihre Karten mit dem Bild nach unten auf den Tisch. „Ich bin raus.“

Dorothy Wilson, Großmutter von Becky Wilson aus der Tierklinik, warf einen blauen und einen roten Chip hinein. „Gehe mit.“

„Zu viel für mich“, fügte Nora Braun hinzu.

Mit einem großen Tablett auf der linken Schulter ging Abbie Kane langsam am Tisch der Samstagmorgen-Poker-Runde vorbei. „Will eine von euch Ladys noch etwas nachgeschenkt bekommen?“

Ein allgemeines „Nein, danke“ ertönte, abgesehen von Eileen, die mit ihrem Kinn auf ihr fast leeres Glas zeigte. „Ich nehme noch einen Tee. Danke.“

„Einmal Tee, kommt sofort.“ Die Worte hatten kaum Abbies Lippen verlassen, als sich alle Köpfe im Silver Spurs Café ganze zehn Sekunden, bevor die Klingel den neuen Gast ankündigte, zur Eingangstür drehten. Denn es war kein gewöhnlicher Gast. Es war die Frau, die Adam Farraday im Morgengrauen in die Stadt gefahren hatte.

Sally May zog ihre Karten nah an ihre Brust und

zuckte mit den Achseln. „Sieht für mich nicht wie eine Nutte aus."

„Schhh", ermahnten sie drei Stimmen, doch es war Eileens Ellbogen, der gegen ihre Rippen schlug. Mit fest zusammengepressten Lippen warf Eileen ihrer Freundin einen mahnenden Blick zu.

Nora Brown, das jüngste Mitglied des Tuckers-Bluff-Ladys-Vereins und Krankenschwester in der Praxis von Eileens Neffen Brooks lehnte sich vor. „Hat Adam sie nicht bei Neds Werkstatt abgesetzt?"

„Ja." Eileen nickte.

„Dann macht es Sinn, dass ihr Wagen liegenge-blieben ist und Adam ihr aus Nächstenliebe eine Mitfahrgelegenheit in die Stadt angeboten hat."

Dorothy Wilson schob ihre Karten in der Hand zusammen. „Was willst du damit sagen?"

„Wieso sollte irgendjemand auch nur zum Spaß behaupten, dass diese Frau eine – ihr wisst schon – Professionelle ist? Ich meine, ernsthaft, wie blind muss man sein, um zu denken, dass einer der Farraday-Männer für Gesellschaft bezahlen müsste?"

„Danke sehr." Ein zufriedenes Lächeln zierte Eileens Gesicht. Sie war bei ihrem Schwager ein-gezogen, kurz nachdem ihre Schwester bei der Geburt ihrer einzigen Tochter, Grace, gestorben war. Eine Bärenmutter hatte keinen größeren Beschützerinstinkt als Eileen, wenn es um ihren Clan ging.

„Mach doch nicht so ein Theater daraus." Sally May breitete ihre Karten auf dem Tisch aus – zwei Paare, Assen und Achter. „Du weißt doch, dass ich mich nur über Burt Larson Kommentar lustig mache, dass sie hübsch genug ist, um eine dieser edlen Damen für eine Nacht zu sein. Und wir alle wissen – selbst wenn deine Jungs nicht so gutaussehend wären, dass selbst eine Nonne für sie das Höschen ausziehen würde –, dass sie besser erzogen waren, als nach dieser

Art Gesellschaft zu suchen.“

„Burt sollte weiter Hämmer verkaufen und seine Gedanken für sich behalten.“ Dorothy Wilson schoss ein Grinsen so breit wie die Main Street ins Gesicht. „Und apropos Damen.“ Sie legte drei Königinnen auf den Tisch, streckte die Arme aus und zog den Pot zu sich.

Nora sammelte die Karten ein und mischte sie. „Dorothy, so wie du grinst könnte man denken, dass wir um echtes Geld spielen.“

Sally ließ einen Chip über ihre Finger wandern, wobei ihr Blick auf der hübschen Frau ruhte, die jetzt an einem Tisch im Café saß. „Ich kann sehen, was Burt gemeint hat.“

Nora kniff die Augen zusammen, um besser sehen zu können. Eileen verdrehte die Augen und Dorothy fragte: „Woher willst du das wissen?“

Sally hob die Karten ab. „Nicht der Call-Girl-Teil. Der Teil mit dem edel. Ihre Schultern sind so gerade, als würde sie an einem Brett lehnen. Ich wette, wenn du ihr ein Buch auf den Kopf legst, würde es nicht herunterfallen, wenn sie geht. Und ihre Kleidung sieht mehr nach Boutique als nach Walmart aus.“

Dieses Mal drehte Eileen den Kopf, um hinzusehen. „Sie trägt Pants und ein Shirt. Was ist daran nicht Walmart?“

Als Nora austeilte, warfen alle einen weißen Chip auf den Tisch.

„Du hast zu lange mit Männern gelebt, die nur Jeans tragen. Das ist nicht nur ein Shirt. Es hat verdeckte Knöpfe und ist maßgeschneidert. Ebenso wie ihre Pants. Ich habe ihre Schuhe nicht gesehen, aber ich wäre nicht überrascht, wenn sie aus Leder und von irgendeiner teuren Marke wären.“

Dorothy sortierte die Karten in ihrer Hand. „Und das ist wichtig, weil?“

„Ist es nicht." Eileen steckte ihre Karten um, warf zwei ab und wartete darauf, dass Nora ihr zwei neue gab. „Sally May ist nur froh, dass sie etwas Neues hat, über dass sie tratschen kann, anstatt nur über Ruth Anns Ballen-OP."

„Vielleicht." Sally May wandte ihre Aufmerksamkeit von der attraktiven Rothaarigen ab und wieder ihren Karten zu. „Und vielleicht auch nicht."

„Trotzdem" – Dorothy sortierte ihre Karten – „fragt man sich. Was bringt ein hübsches Großstadtmädchen wie dieses hier mitten in der Nacht in diesen Teil des Landes?"

KAPITEL DREI

Während Meg die Karte vor sich studierte, musste sie sich nicht umsehen, um zu wissen, dass alle Augen immer noch auf sie gerichtet waren. Sie konnte die neugierigen Blicke in ihrem Rücken spüren. Nicht überraschend für eine Kleinstadt wie diese, aber trotzdem unangenehm.

„Lassen Sie sich von denen nicht verunsichern." Die Kellnerin stand mit einem Notizblock in der Hand neben ihr.

„Entschuldigung?"

„Fremde kommen hier nicht sehr oft durch. Es ist wie eine Massenkarambolage. Sie können einfach nicht wegsehen."

Meg kicherte. „Ich wurde schon vieles genannt, aber noch nie ein Autowrack."

„Nichts für ungut. Haben Sie sich schon entschieden, was Sie wollen?"

Ein neues Leben. Aber mit nur 22 Dollar und 84 Cent in der Geldbörse, atmete Meg nur frustriert aus. Gerade wäre eine Schüssel heißer Krabbensuppe von Chef Andre genau das Richtige. „Nur Kaffee, bitte."

Abbie, wie ihr Namensschild verriet, zog eine prüfende Augenbraue hoch, bevor sie nickte. „Eine Tasse Kaffee, kommt sofort."

Was würde Meg nicht alles für ihren zuverlässigen Viertürer und ihr altes Leben geben. Wie dumm sie nur war. Viel zu schnell war sie Jonathans gutem Aussehen und Charme verfallen. Mit einem unglaublichen Diamantring am Finger und der Aussicht auf die Glückseligkeit der Ehe, hatten sie ihre Konten und Kreditkarten zusammengelegt. Und, als ob das noch nicht dumm genug gewesen wäre, hatte sie, da sie so froh darüber gewesen war, dass sich jemand anderes um die langweiligen Finanzangelegenheiten und das Bezahlen von Rechnungen kümmern würde, diese Aufgabe mit Freude an Jonathan übertragen, ohne ihm auch nur gelegentlich dabei über die Schulter zu blicken. Dumm, dumm, dumm. Wann war sie so verdammt naiv geworden? Wer auch immer sagte, die Liebe mache blind, hatte nicht gescherzt.

„Seien Sie nicht so hart zu sich selbst." Abbie stellte eine Tasse Kaffee und einen Blaubeermuffin vor sie hin. „Der Muffin geht aufs Haus. Und hier ist noch eine Serviette."

Meg folgte Abbies Blick auf ihre Hände und die Papierserviette, die sie voller Sorge zerfleddert hatte.

„Haben Sie Erfahrung im Kellnern?"

„Entschuldigung?"

„Meine Vormittagskellnerin ist für den Rest ihrer Schwangerschaft in Mutterschutz. Wenn Sie gut sind, hängt da eine Schürze an einem Haken in der Küche. Sie können anfangen, sobald Sie ihren Kaffee getrunken haben." Sie schenkte ihr ein leichtes Lächeln und ihre Augen funkelten belustigt. „Selbst wenn Sie nicht gut sind, können Sie trotzdem für Donna einspringen. Die Leute hier verzeihen einem hübschen Mädchen fast alles."

„Ich –"

„Denken Sie darüber nach, während Sie Ihren Muffin essen."

Bevor Meg einen Gedanken formulieren konnte, geschweige denn eine Antwort, war die Frau – die offensichtlich mehr als nur eine Angestellte war – zu dem Tisch gegangen, an dem vier Frauen saßen und Karten spielten.

Könnte Meg diesen Job machen? Qualifizierte es sie wirklich als Kellnerin, dass sie regelmäßig auswärts aß? Ihre Position in dem Hotel beinhaltete nicht, sich um das Restaurant zu kümmern. Oh, um Himmels Willen, wie schwierig konnte es schon sein? Eine Bestellung aufnehmen. Sie dem Koch zu geben. Sie wieder zum Tisch zu tragen. Jede Idiotin konnte das. Und sie war keine Idiotin. Normalerweise.

Sie brauchte einen Ort, an dem sie untertauchen und darüber nachdenken konnte, was aus ihrem Leben geworden war und wie viel Ärger es ihr eingebracht hatte, Jonathan zu vertrauen. Und dann war da noch ihr Vater. Fürs Erste war es das Beste, wenn er nicht wusste, wo sie war. Außerdem würde sie ohne Auto sowieso nicht so schnell hier wegkommen. Wenn sie den Ring nur nicht im Hotelsafe gelassen und für die Zeremonie angesteckt hätte, hätte sie ihn vielleicht als Pfand für den neuen Kühler benutzen können. Durchs Kellnern würde zumindest genug Geld für eine Unterkunft verdienen, bis sie sich die Reparatur leisten konnte.

Ein winziger Vorschlaghammer schlug ein rhythmisches Konzert zwischen ihren Schläfen. Welche andere Möglichkeit hatte sie schon?

„Margaret Colleen O'Brien. Bist du dir sicher?" Den Hörer zwischen Kopf und Schulter jonglierend kritzelte Adam den Namen auf den Notizblock vor ihm.

„Die Stadt bezahlt mich nicht dafür, etwas so Einfaches wie ein Nummernschild abzugleichen falsch zu machen. Ein neuer Ferrari 458 Italia mit dem

Sonderkennzeichen Im His ist auf eine Ms. O'Brien aus Dallas zugelassen. Sagst du mir jetzt, worum es hier geht?"

Adam lehnte sich in einen Stuhl zurück, legte die Füße hoch und hoffte, dass sich diese entspannte Position in seiner Stimme widerspiegelte. „Ich habe es dir gesagt. Eine Fremde ist vor der Stadt liegengeblieben. Ich dachte, der Wagen könnte gestohlen sein. Ich wollte nicht, dass Ned Schwierigkeiten bekommt."

„Genau. Ned."

Adam konnte vor seinem geistigen Auge sehen, wie sich die Rädchen im Kopf seines kleinen Bruders drehten. Naja, mittlerweile nicht mehr so kleinen. Die Farraday-Jungs kamen alle nach ihrem hochgewachsenen Vater. Und mit über ein Meter neunzig stand D.J. Adam in nichts nach.

„Sag mal", fuhr sein Bruder fort, „hat diese Margaret Colleen O'Brien etwas mit der Meg O'Brien zu tun, die Abbie im Silver Spurs angestellt hat?"

„Was?" Seine gestiefelten Füße fielen mit einem lauten *bums* von ihrem Hocker.

„Abbie hat gerade eine Meg O'Brien angestellt, um Donnas Platz auszufüllen, solange Donna schwanger zuhause ist."

„Bist du sicher?"

„Wenn du mich das noch einmal fragst, werde ich nächstes Mal, wenn du einen Gefallen benötigst, nicht mehr so nett sein."

„Auch egal. Ich höre meinen nächsten Patienten kommen." Da er nicht wissen wollte, was D.J. als nächstes sagen würde, legte Adam den Hörer auf und blickte zum Fenster hinaus, hinüber zu dem Café auf der anderen Straßenseite. Was war die Geschichte seines Engels-in-Weiß? Warum hatte sie gesagt, dass der Wagen nicht ihr gehörte? Und warum zum Teufel arbeitete sie jetzt im Silver Spurs?

„Mrs. Peabody rief an. Sie sagt ihren Ein-Uhr-Termin ab. Der Grund, warum Sadie nichts aß, war und ich zitiere, *Das kleine Luder hat gerade zwei Kätzchen auf meinen Lieblingspulli gepupst.*" Becky lachte und verschluckte dann ihr Grinsen. „Sollen wir zusperren und Mittagspause machen? Ich habe gehört, Abbie hat eine Vertretung für Donna eingestellt. Ich versuche schon verzweifelt, eine freie Minute zu finden, um sie mir anzusehen. Wenn ich allein rüber gehe, wird Omi mich verdonnern, bei ihrer wöchentlichen Poker-Runde mitzuspielen."

Adam drückte sich von seinem Schreibtisch weg. „Wurde die Glückskatze schon abgeholt?"

Becky nickte. „Vor einer Stunde. Shadow, der schwarze Labrador wird langsam wach. Pat behält ihn im Auge. In den nächsten anderthalb Stunden stehen keine Termine an. Und wir sind nur auf der anderen Straßenseite, falls ein Notfall reinkommt."

„In diesem Fall" – er schnappte sich seinen Hut, setzte ihn auf und tippte ihn an – „würden Sie mir die Ehre erweisen, mich zum Mittagessen zu begleiten, Miss Wilson?"

„Aber natürlich, werter Herr" – sie klimperte mit den Wimpern – „ich wäre entzückt."

Normalerweise aß Adam nicht zu Mittag. Wenn er etwas aß, war es während er an seinem Schreibtisch Papierkram erledigte oder wenn er von einem Patienten zum nächsten ging. An den Tagen, an denen er Hausbesuche machte, ersetzte oft eine Tüte Chips das Mittagessen. An einem typischen Klinikmorgen hatte er mehrere Termine. Eine Katze, die sterilisiert werden musste. Ein Hund für die vierteljährliche Routineuntersuchung. Ein lethargisches Kaninchen, das sich wie Mrs. Peabodys Katze nicht als krank, sondern als schwanger herausstellte. Doch die Überraschungen und Notfalloperationen waren die Dinge, die ihn auf Trab hielten und oft bis spät abends arbeiten ließen. Ein Hund, der von einem Auto angefahren wurde, als er sein Herrchen beschützte. Oder einer, der Glasscherben oder einen Hühnerknochen verschluckt hatte.

Zu diesem Chaos kamen noch Notfallbesuche auf nahegelegen Ranches. Eine preisgekrönte Stute, die Probleme bei der Geburt hatte. Oder eine Kuh, die sich in einem Stacheldrahtzaun verfangen hatte. Abgesehen davon, dass er heute eine liegengebliebene Braut auf der Flucht auf einer verlassenen Landstraße gefunden hatte, war heute einer der ereignislosesten Tage seit langem.

Am Empfang machte er kurz halt und tippte sanft auf die Klingel, die auf dem Tresen stand. Kelly, seine Rezeptionistin hob ihren Blick von dem Stapel Akten vor ihr. „Becky und ich gehen für ein schnelles Mittagessen über die Straße. Pat hat hinten alles im Griff. Willst du mitkommen? Geht auf mich."

Kellys Augen schossen vom Fenster zu ihrem Stapel Akten und wieder zurück. „Oh, ich würde wirklich gerne die neue Kellnerin sehen, aber ich habe mir etwas zu Essen mitgebracht und diese Arbeit hier erledigt sich nicht von allein."

„Falls du deine Meinung änderst, weißt du, wo du uns findest."

Draußen herrschten angenehme fünfzehn Grad unter einem blauen Himmel. Der Frühling hatte früh schönes Wetter gebracht. Perfekt, um ein Pferd zu satteln und für eine Abkühlung zum Bach zu reiten. Als Kinder verbrachten er und seine Brüder nach den Hausaufgaben Stunden damit, zu plantschen und sich abzukühlen. An einem entspannten Tag wie heute, war es fast obligatorisch, zur Ranch hinauszufahren und seinen Bruder Finn dazu zu überreden, blauzumachen und angeln zu gehen.

An der Schwelle zum Café hielt Adam Becky die

Tür auf. Der Rest der Welt war vielleicht modern und unabhängig, aber in Tuckers Bluff gehörte galantes Benehmen immer noch zum guten Ton.

„Ein Tisch für zwei, oder kommen Pat und Kelly nach?", fragte Abbie eilig.

Adam nahm seinen Hut ab und hob zwei Finger. „Nur wir beide heute."

„Ich habe nur noch die kleine Nische hinten im Eck. Wenn ich gewusst hätte, dass es so gut fürs Geschäft sein würde, eine Fremde anzustellen, hätte ich das schon vor Jahren gemacht." Abbie deutete mit dem Daumen über ihre Schulter. „Setzt euch schon mal. Ich schicke Meg zu euch."

Von seinem Platz im Eck aus hatte Adam einen ausgezeichneten Blick auf die Kundschaft des einzigen Restaurants in der Stadt. Abbie huschte schnell von einem Tisch zum anderen und bat gerade genug Lächeln und Unterhaltung, um ihre Kleinstadtpflichten zu erfüllen. Seine gestrandete Braut sah Adam jedoch nirgends.

„Solltest du deine Großmutter nicht begrüßen?", fragte er, während er das Lokal unauffällig nach der neuen Kellnerin absuchte.

„Ich springe schnell rüber, wenn wir bestellt haben. So habe ich, wenn das Essen kommt, eine Ausrede, nicht mitspielen zu müssen."

„Magst du Poker nicht?"

„Oh, ich spiele gern Karten. Jeglicher Art. Aber bei dieser Truppe gibt es sowas wie, *eine kurze Runde* nicht. Und wie es sich ergibt habe ich einen tollen Job mit einem coolen Boss, den ich ungern verlieren möchte."

„Das würde nie passieren. Ich habe 'ne gute Beziehung zu deinem Boss und er hat mir gesagt, dass er dich auch ungern verlieren würde."

Aus dem Augenwinkel sah er, wie die Rothaarige

mit zwei Gläsern Wasser zu ihrem Tisch eilte. Sie hatte ihr Brautkleid gegen eine Schürze des Cafés getauscht, die sie über einer Bluse und einer dunklen Hose trug, die ihr bis kurz unter die Knie gingen und ihre wohlgeformten Waden zeigten. Seine Gedanken wanderten wieder zu dem flüchtigen Ausblick auf ihr üppiges Dekolleté, den er heute Morgen erhascht hatte, und er verspürte einen elektrisierenden Schock südlich seiner Gürtelschnalle.

„Bitte sehr." Meg lächelte Becky an, als sie das Wasser abstellte. Dann erkannte sie Adam. „Oh, hi."

„Hi. Tut mir leid, dass ich dich allein lassen musste, aber ich war etwas spät dran für mein Date mit einem Golden Retriever."

„Mach dir keine Gedanken." Meg winkte mit einem Lächeln ab. „Ned hat es mir erklärt. Ich bin nur froh, dass du vorbeigekommen bist."

Bevor er noch etwas sagen konnte, schellte die Küchenklingel und sie hob einen Finger und murmelte „Bin gleich wieder da", bevor sie in Richtung Küche eilte.

„Wirkt sie auf dich auch ein wenig nervös?" Becky sprach zu ihm, doch ihr Blick verweilte auf Meg, die jetzt am Tresen stand, wo sie ein Gericht in einer Hand hielt, während sie einen Zettel in ihrer anderen Hand studierte.

„Wenn ich wetten müsste, würde ich sagen, dass sie das noch nie gemacht hat."

Er konnte nicht hören, was Meg und der Koch miteinander sprachen, doch Abbie war herbeigeeilt und nahm den Bon aus Megs Hand, spießte ihn auf einen Stapel und gab ihr noch einen Teller mit Essen.

Nachdem sie beides zu den Poker-Ladys gebracht hatte, trottete Meg wieder an ihren Tisch. „Also, was darf es sein?"

Abbie schrieb die Tageskarte immer auf eine Tafel

hinter dem Tresen. Alle Einwohner kannten die normale Speisekarte in- und auswendig, also machte es nichts aus, dass ihnen niemand eine gegeben hatte. Erst als Adam gerade den Mund öffnete, um zu bestellen, realisierte Meg ihren Fauxpas und erhob erneut ihren Finger in die Luft und murmelte: „Bin gleich zurück."

Und nicht zum ersten Mal an diesem Tag ertappte Adam sich dabei, sich zu fragen – was war Margaret Colleen O'Briens Story?

KAPITEL VIER

Zumindest hatte Meg genügend Trinkgeld bekommen, um sich ein paar Nächte in einem billigen Motel leisten zu können. Vorausgesetzt, es gab billige Motels in dieser Stadt. Im Café hatte den ganzen Tag über ein reges Treiben geherrscht. Sie hatte kaum Zeit gehabt, um einen Blick auf die wenigen Geschäfte und die Tierklinik auf der anderen Straßenseite zu werfen.

Und auf den Tierarzt.

Im schwachen Licht der Dämmerung hatte der Kerl ziemlich gutaussehend gewirkt. Aber zu besagter Tageszeit lag *gutaussehend* oft am fehlenden Licht. Mittags brach die Realität dann oft über einem herein. Doch die Realität meinte es gut mit Adam Farraday. Sehr sogar.

Sexy Cowboys auf den Covern von Liebesromanen konnten ihm nicht das Wasser reichen. Bis auf seine strahlenden irischen blauen Augen gaben seine fast ebenholzschwarzen Haare und sein gebräunter Teint dem Ausdruck *groß, dunkel und gutaussehend* eine neue Bedeutung.

Abbie setzte sich neben Meg und zog einen weiteren Stuhl nahe genug heran, um ihre Füße darauf zu legen. „Liebes, du bist definitiv gut fürs Geschäft."

„Ich hätte nicht gedacht, dass es so anstrengend ist."

„Für ein Greenhorn hast du es wirklich gut

gemacht.“

„Solange ich lebe werde ich mich nie wieder über den Service in einem Restaurant beschweren.“ Überall, wo sie je gegessen hatte, hatte das Kellnern so einfach ausgesehen. Eine Bestellung aufnehmen, sie weitergeben und dann servieren. Wer hätte gedacht, dass man ein Computergehirn brauchte, um zu wissen, welches Essen mit Salat kam und welches ohne, welche Gerichte komplett waren und bei welchen man fragen musste, welche Beilagen die Gäste wollten? Und für so ein kleines Café hatte Abbie eine verdammt lange Liste an Beilagen. Und als wäre das noch nicht genug für Megs müdes Gehirn, musste es sich auch noch alle Tagesgerichte merken und wie diese zubereitet wurden. Und darüber hinaus auch noch alle Zutaten. Sie hatte nicht die geringste Ahnung gehabt, wie viele Menschen an Nahrungsmittelallergien litten. Nein, sie würde sich nie wieder über Servicekräfte beschweren.

Abbies Aufmerksamkeit wanderte zur Tür. Ein Polizist kam herein und Meg atmete zur Beruhigung tief ein. Er tippte seinen Stetson an und nahm dann am Tresen Platz. Abbie behielt den gutaussehenden Gast im Auge, während er mit der Nachmittagskellnerin Shannon plauderte, die ihm einen Kaffee einschenkte, bevor sie mit der Kanne zu ein paar weiteren besetzten Tischen ging. Erst als der Polizist Abbie und Meg zur Begrüßung zunickte und dann einen Schluck des heißen Gebräus nahm, atmete Meg wieder einfacher.

Der Blick ihrer neuen Chefin wandte sich wieder zu Meg. „Du musst deine Taschen noch bei Ned abholen.“

Tasche. Singular. Und darin befand sich nur ihr Makeup, da sie die Sachen, die sie vor der Kirche darin verstaut hatte, jetzt trug. Die Koffer für die Hochzeitsreise – gefüllt mit jeder Menge neuer Kleidungsstücke – war bereits in der Hotelsuite, wo sie bis zu ihrem Flug am frühen Morgen übernachtet hätten. Leider würde das, was sie sich heute Nacht für ihre müden Füße leisten konnte, der luxuriösen Honeymoon-Suite im Belmont nicht das Wasser reichen können. „Wo finde ich das nächste Motel?"

„Butler Springs", murmelte Abbie, während ihr Blick wieder zu Shannon wanderte. Abbies Lippen bogen sich leicht, als sie beobachtete, auf welch routinierte Art sie mit den Gästen umging.

Wenn man bedachte, wie viele Fehler Meg gemacht hatte – sie hatte genügend Gerichte, Bestellungen, Getränke und ganze Tische vergessen, um das Stadium der Dallas Cowboys zu füllen –, grenzte es an ein Wunder, dass Abbie sie noch nicht wieder gefeuert hatte. „Das ist nicht zufällig der Name der Nebenstraße, oder?"

Immer noch lächelnd, drehte Abbie sich wieder zu Meg und schüttelte den Kopf. „Neunzig Meilen nach Norden."

Fantastisch. Und nun? Sie könnte unmöglich jeden Tag neunzig Meilen von und zur Arbeit gehen. Besonders nicht, wenn ihre Füße sich so anfühlten. Anna Klein machte sagenhafte Schuhe, doch nicht für Acht-Stunden-Schichten auf den Beinen. „Bed-and-Breakfast?"

Abbies Kopf bewegte sich hin und her. „Myrtle Yantz vermietete früher ein paar Zimmer, nachdem ihr Mann gestorben war, doch sie schloss ihre Pension und zog nach Lubbock, um näher bei ihrem kleinen Enkel zu sein."

Noch ein Grund mehr, um Jonathan Cox zu kastrieren, falls Meg ihn je wieder sah."

„Die frühere Besitzerin des Cafés wohnte in der Wohnung darüber. Wir benutzen sie hauptsächlich als Lager, aber ein Zimmer habe ich als Notfallunterkunft eingerichtet, wenn ich nicht nach Hause kann." Abbie griff in ihre Tasche und holte einen Schlüssel an einem Cowboystiefel-Schlüsselanhänger heraus. „Da oben liegt vermutlich eine meterdicke Staubschicht, aber du kannst es haben."

So wie sie sich fühlte, wäre es wirklich in Ordnung auf einer meterdicken Staubschicht zu schlafen. „Danke." Nach einer langen heißen Dusche und einer ausgedehnten Mütze Schlaf würde sie sicher herausfinden können, was sie als nächstes tun sollte. Meg drückte sich von ihrem Sitz hoch, atmete tief ein und blickte sich um.

„Die Treppe nach oben ist durch die Küche und dann rechts. Draußen um die Ecke ist auch noch ein Eingang." Abbie setzte die Füße auf den Boden und stand auf. „Ich fülle besser die Ketchup-Flaschen auf, bevor die Abendkundschaft eintrifft. Keine Ahnung, wie viele Leute auftauchen werden, weil sie denken, dass du immer noch hier bist."

„Ich kann bleiben und dir dabei helfen."

Abbie legte ihre Hand auf Megs Arm und schenkte ihr ein strahlendes Lächeln. „Du hast für deinen erstes Mal genug getan. Geh nach oben und mach es dir gemütlich. Ich sehe dich morgen früh zum Frühstück, aber deine erste Schicht ist erst am Montag. Wir fangen um sechs Uhr an."

„Sechs Uhr", wiederholte Meg auf ihrem Weg zur Vordertür hinaus und zog in Betracht, den Verstand verloren zu haben. So sehr ihre Füße auch nach Erholung schrien, ihr neues Zuhause würde noch etwas warten müssen, da sie dringend noch einige Dinge einkaufen musste. Ein flüchtiger Blick die Straße hinunter sagte ihr, dass es im Zentrum von Tuckers Bluff vermutlich alles Nötige gab, um die nächsten Tage zu überleben. Sie bog nach rechts ab und spazierte die Straße hinunter, wobei sie die Schaufenster der Geschäfte auf sich wirken ließ.

Haddie's Haven bot Garn und Stoffe in allen Farben des Regenbogens an.

Sie passierte Fred's Hardware, einen Eisenwarenhandel, den Friseursalon Cut and Curl und einen Secondhand-Laden für Möbel, bevor sie an einem Geschäft namens Sisters stehen blieb. Was sie brauchte war ein Walmart, doch die malerische Main Street war alles, was ihr zur Verfügung stand. Also öffnete sie die Tür und trat ein.

„Willkommen." Eine große, schlanke Rothaarige in Jeans und einer karierten Bluse legte ihre Zeitschrift auf den Tresen und steckte sich einen Bleistift hinters Ohr. „Du musst das Stadtgespräch sein. Ich bin Sissy."

„Oh, ich dachte, ich habe die Klingel gehört." Eine rundliche Frau – die Meg maximal bis zum Kinn reichte – kam mit ihrer platinblonden Beehive-Frisur im Stil der 50er Jahre hinter einem Blumenvorhang hervor und schwebte durch den Raum.

„Wie können Sister und ich dir helfen?", fragte die Rothaarige.

Nach leiblichen Schwestern sahen diese beiden nicht wirklich aus. „Ich bräuchte ein paar Dinge. Ein paar neue Oberteile und neue … Unterwäsche."

„Ich bin sicher, wir haben was du brauchst." Sissy winkte Meg, ihr zu folgen. „Sister", sagte Sissy über ihre Schulter, „Ich zeige unserem Gast die neuen Höschen, die wir diese Woche bekommen haben. Warum suchst du in der Zwischenzeit nicht ein paar unserer hübscheren Dessous heraus?"

„Oh, ja, Sissy. Ausgezeichnete Idee." Die Frau watschelte immer noch redend davon. „Ja, wir haben ein paar wunderschöne Exemplare für unsere neueste Einwohnerin."

Zu müde zum Diskutieren würde Meg die Lady nicht korrigieren. Meg würde nur hierbleiben, bis … wie lange würde sie hierbleiben?

Sie schüttelte den Kopf und befreite sich von all den Fragen, auf die sie keine Antworten hatte und folgte Sissy in den hinteren Teil des nicht-so-winzigen Geschäfts. Von außen sag der Laden wie eine idyllische Boutique aus, doch jetzt konnte Meg sehen, dass es die lokale Version eines Kaufhauses war. Sie ging vorbei an der Kinderabteilung, einer dürftigen Ansammlung an Schuhen, einem Regal mit Hemden und einem mit Hosen, die vermutlich die Herrenabteilung darstellten, und verkniff sich ein Lächeln. Vielleicht lag es daran, dass sie den ganzen Tag auf den Beinen gewesen war oder vielleicht, dass sie noch nie in einem so kleinen Städtchen gewesen war, aber der Gedanke, dass die Kerle, die sie heute im Café bedient hatte, ihre Kleidung bei Sissy und Sister kauften, brachte Meg das erste Mal seit Tagen richtig zum Lachen.

„Hier wären wir." Sissy hielt zwei Blusen hoch. Einfach, süß, sehr Megs Stil. Die Worte *Ich nehme sie* waren schon fast über ihre Lippen, als sie sich daran erinnerte, dass sie keine Kreditkarten benutzen sollte – nicht, bis sie herausgefunden hatte, was sie am besten tun sollte – und fast kein Bargeld bei sich hatte. Meg nahm Sissy einen Kleiderbügel ab und hob die Bluse hoch. Mit ihrer freien Hand tastete sie den Kragen ab, strich über die Knöpfe und tat ihr Bestes, unauffällig das Preisschild zu finden.

„Es gibt momentan einen Einführungsrabatt", sagte Sissy lächelnd.

Selbst wenn die Augen von Sister nicht so rund wie Pingpongbälle geworden wären, hätte Meg aufgrund ihrer ausgiebigen Shoppingerfahrungen gewusst, dass es nur zu Saisonende Sales gab, nicht am Anfang. Gab es irgendjemanden in dieser Stadt, der nicht intuitiv wusste, dass sie fast mittellos und allein war?

„Zwei zum Preis von einem", entgegnete Sissy auf

Megs Schweigen und gab ihr dann die zweite Bluse, bevor sie eine Auswahl Höschen von Sister entgegennahm. „Und die hier sollten passen. Sister hat ein ausgezeichnetes Auge für Größen."

Mit beiden Blusen in einer Hand nahm Meg einen Baumwollslip mit Spitzenapplikationen und suchte vorsichtig nach dem Preis. Sie wusste immer noch nicht, wieviel die Blusen kosteten. Trotz des spontanen Sales würde es nicht einfach für sie sein, sich mehr als ein paar Höschen zu leisten, besonders, wenn sie auch noch neue Schuhe brauchte.

Da die beiden Frauen sie erwartungsvoll anstarrten, hatte Meg keine andere Wahl. „Wie viel kosten die?"

„Wir können gerne etwas zurücklegen", sagte die Rothaarige zur selben Zeit als Sister verkündete: „Fünf Dollar das Stück oder zwanzig für fünf."

Erneut schaffte es die Blondine mit der Beehive-Frisur nicht, ihre Überraschung zu verbergen.

Meg gab die schönen Slips wieder zurück. „Vielleicht nur einfache Baumwolle. Und ein Paar bequeme Schuhe." Sie könnte ihre Kleidung waschen und am Montag mit mehr Trinkgeld zurückkommen."

„Oh, ja." Sister legte die Höschen auf einen nahestehenden Glastresen, der offensichtlich die Schmuckabteilung darstellte, sprang hinüber zu den Schuhen und hielt ein geeignetes Paar schwarze Sneaker hoch. „Die hier sind zwar nicht besonders hübsch, aber sie haben ein wirklich bequemes Fußbett."

Bequemes Fußbett waren vermutlich die zwei schönsten Worte, die Meg je gehört hatte.

„Sister", sagte Sissy, „such ihre Größe heraus und lass sie sie anprobieren."

Nickend gab Meg Sissy die zwei Blusen, ging hinüber zu den Schuhen und setzte sich auf den einen schwarzen Stuhl. Während die zwei Schwestern über verstohlene Blicke miteinander kommunizierten, kam

Meg in den Sinn, dass dieser ganze Tag vielleicht gar nicht stattfand. Vielleicht hatte sie gerade irgendeine Art Hochzeitsalbtraum, weil sie kalte Füße bekommen hatte. Nirgends in der realen Welt gab es zwei Frauen mit den Namen Sister und Sissy oder ein Restaurant, das eine inkompetente Kellnerin anstellte, geschweige denn einen großen gutaussehenden Fremden, der im Morgengrauen wie ein Ritter in strahlender Rüstung zu ihrer Rettung nahte. Alles was noch fehlte, um diesen Tag wirklich als Traum abhandeln zu können, war, dass Adam Farraday auf einem Hengst herangeritten kam und Sister und Sissy ihr die Schuhe umsonst gaben.

Vielleicht wäre sie, wenn sie die Augen wirklich fest schloss und sich befahl aufzuwachen, wieder zurück in Dallas und ihr Verlobter wäre immer noch der Mann ihrer Träume, und ihr Vater und das FBI währen das Letzte, wegen dem sie sich Sorgen machen musste. *Wach auf, Meg. Wach auf.* Langsam öffnete sie die Augen und musste feststellen, dass Sister nur Zentimeter von ihr entfernt die Augenbrauen hochzog.

Während sie eine braune Hose, ähnlich der, die Shannon, die andere Kellnerin, getragen hatte, hochhielt, stieß Sissy ihrer molligen Schwester in die Rippen. „Du kannst auch anschreiben lassen."

Mit den Ellbogen auf dem Tisch presste Adam seine Handballen gegen seine Brauen. Im Handumdrehen hatte sich der ruhige Morgen in einen chaotischen Nachmittag verwandelt. Hundemüde beschrieb nicht einmal ansatzweise, wie er sich gerade fühlte.

„Soll ich noch eine Kanne Kaffee aufsetzen?", fragte Becky aus der Tür.

„Nein." Adam hob den Kopf und streckte seinen

Nacken. „Ich sollte für heute Schluss machen."

„Ja, es ist schon spät." Mit ihrer Nase deutete Becky auf die Uhr an der gegenüberliegenden Wand. Fast sieben.

Er hätte schon vor über einer Stunde gehen sollen. „Warum bist du noch hier?"

Seufzend verschränkte Becky die Arme und warf ihm einen *Bist du wirklich so doof*-Blick zu.

Adam verkniff sich ein Lächeln. An manchen Tagen fühlte er sich, als wäre Becky zwölf Jahre älter als er. „Du bist viel zu jung, um mich an meine Großmutter zu erinnern, und ich bin eigentlich zu alt dafür, dass du ständig auf mich aufpassen musst."

Erneut seufzend drückte sie sich von der Wand weg und schüttelte den Kopf. Dann ging sie zu seinem Tisch und hielt ihm einen ungeöffneten Joghurt hin, den sie für ihn beiseitegestellt hatte, bevor er mit der OP begonnen hatte. Statt nach Hause zu gehen, wo er hingehörte, um eine dringende Mütze Schlaf zu bekommen, hatte er in letzter Minute einen Abszess bei Mrs. Pakers Katze aufgeschnitten. „Sieht nicht so aus."

„Okay. Du hast gewonnen. Hin und wieder muss man auf mich aufpassen." An manchen Tagen fragte er sich, wie so eine weise und fürsorgliche Frau sich im Körper eines so süßen jungen Mädchens verstecken konnte. Da sie eine der besten Freundinnen seiner Schwester Grace war, hatte Adam die Mädchen zusammen aufwachsen sehen. Während Grace freigeistig und auch teils verantwortungslos und zum Leidwesen aller oft leichtsinnig gewesen war, war Becky traditionell, verantwortungsvoll und so verlässlich wie ein Schweizer Uhrwerk gewesen.

Nachdem er seinen Laborkittel ausgezogen und ihn aufgehängt hatte, drehte Adam sich um, legte eine Hand auf Beckys Kreuz und drückte sie in Richtung Gang. „Aber heute nicht mehr. Geh nach Hause und geh deiner Großmutter auf die Nerven. Oder, noch besser, mach dir einen schönen Samstagabend mit Ben."

Während sie den Gang hinunterfing, zuckte Becky mit den Achseln. „Nee. Ben hängt mit der neuen Lehrerin ab."

„Der Mann hat keinen Geschmack." Nicht dass Adam etwas über die neue Lehrerin wusste, aber jeder Mann, der sich ein Mädchen wie Becky entgehen ließ, musste nicht ganz bei Verstand sein. Aber vielleicht war auch der nicht ganz bei Verstand, der so ein Mädchen nicht einmal wahrnahm. Wenn sein kleiner Bruder Ethan nicht bald die Augen aufmachte, würde er ihm bald etwas Verstand einbläuen müssen. Ein Mädchen wie Becky würde nicht ewig auf ihn warten.

Becky wollte gerade nach der Vordertür greifen, als Adam um sie herumhuschte und sie ihr aufhielt. Erneut den Kopf schüttelnd sagte sie. „Der Mann, der in seinem Abschlussjahr an der High School mit Emily Taub zusammen war, sollte sich nicht erlauben, jemandes Geschmack zu kritisieren."

„Emily war sehr hübsch."

„Und aus Plastik."

Beide standen an der Veranda und er drehte sich um und sperrte ab. Er erinnerte sich an viele Dinge bezüglich Emily Taub. Viele davon würde er nicht in gemischter Gesellschaft erzählen und keines davon beinhaltete das Wort *Plastik*.

Bis er sich wieder umgedreht hatte, war Becky bereits in ihr Auto gestiegen. „Wir sehen uns Montagmorgen."

Mit einem schnellen Nicken und einem kurzen Winken fuhr sie davon. Adam blickte über die Straße zum Café. Er bezweifelte, dass Meg O'Brien immer noch arbeitete. Und obwohl er es nicht besser wusste, bezweifelte er sogar, dass sie nach ihrer dürftigen

Leistung heute immer noch dort angestellt war. Trotzdem würde er sich das Abend-Special zum Mitnehmen holen. Mit etwas Glück würde er bald wohlgenährt zuhause sein.

Die Klingel über der Tür des Silver Spurs' läutete, als er eintrat. Zu dieser Uhrzeit war nicht viel Kundschaft anwesend. Früh ins Bett und früh aufs Feld war das Credo der Farmer. Bei den meisten Gästen handelte es sich um Pärchen, die ihr Samstagabenddate genossen. Sein Bruder D.J. saß mit dem Rücken zur Küche in der Ecke.

Abbie blickt auf, nachdem sie einem Gast Kaffee eingeschenkt hatte. „Das Abend-Special?"

Adam nickte.

„Mein Lieblinkskunde. Isst, was man kocht. Einmal Hackbraten kommt sofort." Sie verschwand durch die Doppeltür zur Küche.

„Ruhiger Abend?" Adam setzte sich auf einen Hocker neben D.J.

„Schhh." Er hob die Hand. „Du verschreist es."

Adam lachte. Hier mitten im Nichts konnten die seltsamsten Dinge passieren. Während die größte Furcht eines Großstadtpolizisten ein Einsatz zu einem Schusswechsel am Ende der Schicht, gefolgt von jeder Menge Papierkram, oder noch schlimmer, Stunden am Tatort war, musste sich ein Gesetzeshüter auf dem Land um Jugendliche Sorgen machen, die Kühe umschubsten oder zum Spaß hohle Holzblöcke in die Luft sprengten. Nicht dass es in Butlers County keine Kleinkriminellen gab, aber Tuckers Bluff war einfach nicht das Ziel von Kapitalverbrechen.

„Trinkst du eine Tasse mit?", fragte D.J..

„Nein. Das letzte, was ich jetzt brauche, ist Koffein." Er schlug seine Hand auf den Tresen. Ich denke wirklich darüber nach, hier ein Nickerchen zu machen, während Abbie mein Abendessen einpackt."

„Harter Tag, dein Fräulein in Not retten und so.“

Das war noch der einfache Teil gewesen. Während der Arbeit nicht an besagtes Fräulein zu denken, war eine ganz andere Geschichte. „Hast du irgendetwas gehört, wie lange sie in der Stadt bleiben wird?“

D.J. zuckte mit den Achseln. „Ich denke, das weiß keiner.“

„Bitte sehr.“ Abbie stellte eine weiße Papiertüte auf den Tresen. „Ich habe etwas mehr eingepackt. Du siehst etwas mager aus. Eileen würde mir nie vergeben, wenn ich dich verhungern ließe.“

Wenn nicht jede Zelle seines Körpers erschöpft gewesen wäre, hätte er darüber gelacht, wie seine Tante Eileen die ganze Stadt in Angst und Schrecken versetzen konnte. Die Frau sollte für das Bürgermeisteramt kandidieren. Sie und Dorothy Wilson. Die beiden wären ein verdammt gutes Team. Man bräuchte keinen Stadtrat mehr. Sie könnten das Ganze allein schmeißen.

„Sieh es als Dankeschön für den Umsatz, den du mir beschert hast“, fügte Abbie hinzu.

„Wie meinst du das?“

„Meg. Meine neue Kellnerin. Die, die du heute Morgen gerettet hast.“

Adam war froh, dass er gerade saß. Er war sich sicher gewesen, dass Meg so überfordert gewesen war, dass ihr erster Tag auch ihr letzter gewesen wäre. „Sie arbeitet noch hier?“

Abbie lachte lauthals. „Hältst du mich für dämlich? Die Frau hat mir heute den Umsatz einer ganzen Woche beschert. Außerdem“ – ihr Lächeln verblasste – „steckt sie gerade etwas in der Zwickmühle.“

„Hat sie dir das gesagt?“ Auf der Fahrt in die Stadt hatte die eigenwillige Braut kaum ein Wort gesagt.“

„Das musste sie nicht. Ich konnte es in ihren Augen sehen. Sie hat Kaffee zum Mittagessen bestellt. Ich habe die Schwestern angerufen. Dachte mir, sie würde dort vorbeischauen und sich etwas praktischere Kleidung für die Arbeit hier besorgen."

D.J, nickte zustimmend. „Das war nett von dir, Abbie."

„Das hat nichts mit nett zu tun. Deshalb lebt keiner von uns mehr in der Großstadt. Keiner schert sich um irgendjemanden." Sie drehte sich mit der Kaffeekanne in der Hand um und machte sich wieder daran, ihre Kundschaft glücklich zu machen.

„Da hat sie nicht ganz unrecht." D.J. starrte in Abbies Richtung.

„Damit, nett zu sein?"

„Nein, damit, nicht mehr in der Großstadt zu wohnen."

Adam war sich nicht wirklich sicher, was D.J. dazu gebracht hatte, wieder nach Tuckers Bluff zurückzukehren. Es gab Dinge, über die nicht einmal Brüder sprachen. Aber er wusste, dass sein Dad und Tante Eileen immer am glücklichsten waren, wenn sonntags beim Abendessen alle Stühle am Tisch besetzt waren. Besonders, wenn Connor und Ethan es nach Hause schafften. „Kommst du morgen auf die Ranch?"

„Tue ich das nicht immer?" D.J. nickte und ein Grinsen formte sich auf seinen Lippen.

Adam drückte sich hoch und schlug seinem Bruder auf die Schulter. „Dann bis morgen."

Vom Café bis zu seiner Wohnung waren es lediglich eine zweispurige Straße und der Bürgersteig vor der Klinik, und doch kam es ihm vor, als wäre es die Länge eines Footballfelds. Hier zu stehen und darüber nachzudenken, wie müde er war, würde ihn aber auch nicht früher ins Bett bringen. Also kam ihm natürlich ein anderer Gedanke in den Sinn. Wo würde Margaret Colleen O'Brien heute schlafen?

KAPITEL FÜNF

Abgesehen von der harten Arbeit des Kellnerns gab es noch zwei Dinge, die Meg ihr ganzes Leben lang unterschätzt hatte. Eine gute Matratze und heißes Wasser. Beides hatte Wunder für ihren schmerzenden Körper getan. Fitnesstraining gehörte zu ihrem Alltag. Ihr war nie in den Sinn gekommen, dass sie nicht gut in Form sein könnte. Sie hatte sogar Barre-Stunden genommen, um flexibel zu bleiben. Doch nichts davon kam der Arbeit im Café auch nur nahe. Den ganzen Tag auf den Beinen zu sein, Essen herumzutragen und Bestellungen aufzunehmen war eine ganz neue Herausforderung für sie gewesen. Jeder Muskel, egal wie klein, hatte um Gnade gefleht.

Aus der kurzen Erkundungstour durch ihre neue Behausung gestern Abend hatte Meg geschlossen, dass der Grundriss der Wohnung nur etwa halb so groß war wie der des Cafés darunter. In dem großen Wohn- und Esszimmer stapelten sich zwischen dort platzierten Aktenschränken alle Arten von Schachteln und Kisten auf dem Boden und auf den Möbeln. In der kleinen Küche reichten weitere Schachteln bis zur Decke. Die einzigen freien Stellen waren das alte Schlafzimmer mit einem Metallbett und das Badezimmer, welches eine große freistehende Badewanne beherbergte.

Trotz Abbies Warnung vor meterhohen Staubschichten fand Meg, dass beide Zimmer in ziemlich gutem Zustand waren. In einem vollgestopften

Waschschrank fand sie eine für so ein kleines und unbewohntes Apartment überraschende große Menge an Bettlaken, Handtüchern, Badetüchern und Geschirrtüchern und Servietten. Sie würde nicht lange brauchen, um Verwendung für die Putzmittel aus dem Besenschrank zu finden. In dem geräumigen Badezimmer hatte sie eine Waschmaschine und einen Trockner gefunden und mehr Zeit als sie hätte sollen in einem ausgiebigen Schaumbad verbracht. Warum jemand es als praktischer und schicker ansah, Einbaubadewannen in neuen Wohnungen zu verbauen, war ihr unbegreiflich. Sollte sie je wieder in ihr eigenes Zuhause zurückkehren, würde ganz oben auf ihrer Wunschliste eine große gusseiserne Badewanne stehen. Gleich nach einem ehrlichen Ehemann und innerem Frieden.

Streicht den Ehemann. Männer waren überschätzt und verursachten definitiv mehr Ärger als sie es wert waren.

Nachdem sie die neue Hose und das neue Top angezogen hatte – wofür sie zu Sisters Freude bar bezahlt hatte –, schlüpfte Meg in ihre eigenen Schuhe und realisierte, dass das Frühstück nur eine Treppe entfernt war.

Der Geruch von Bacon und Würstchen wurde mit jedem Schritt intensiver. Bis sie durch die nicht abgesperrte Tür schritt, die vom hinteren Gang in die Küche des Cafés führte, knurrte Megs Magen bereit wie der Motor dieses verdammten Sportwagens.

„Guten Morgen", sagte Abbie ohne aufzublicken. „Kaffee ist fertig. Frank macht dir alles, was du willst. Die Herdplatte oben funktioniert nicht."

Unter all den Schachtel hatte Meg eine Herdplatte nicht einmal gesehen. „Danke. Eier und Toast wären gut."

Abbie zeigte auf das Brot und einen riesigen Toaster auf der anderen Seite der Küche. „Nimm, was du möchtest. Wenn du dein Essen hast, komm raus und wir setzen uns vorne hin und reden."

Meg verging plötzlich der Appetit. Ihr Kopf bestand darauf, ruhig zu bleiben; ihr Herzschlag widersprach. Und ihr Herz hatte vermutlich recht. Abbie hatte wahrscheinlich Megs Nutzen überdacht und würde ihr nach dem Frühstück die Kündigung überreichen. Ihr Mund wurde trocken und ihre Kehle zog sich zusammen. Gestern war sie zu wütend auf ihren Ex gewesen, um sich Sorgen zu machen. Doch im Licht des heutigen Tages machte ihr ihre unmittelbare Zukunft große Angst.

Die Essensglocke läutete und riss Meg aus ihren morbiden Gedanken. Frank hatte ihren Teller auf den Abholtresen gestellt. „Frühstück ist fertig."

„Danke." Sie tat ihr Bestes, um zu lächeln und Mut zu fassen. Nachdem sie sich ihren Teller genommen hatte, drehte sie sich um, um sich dem zu stellen, was Abbie ihr zu sagen hatte.

Auf der anderen Seite des Cafés saß Abbie mit ihrer Tasse Kaffee an einem Tisch in der Ecke und blickte auf etwas, das aussah wie ein Kassenbuch. „Ruh dich heute aus. Du wirst morgen noch genug zu tun haben. Denk daran, dass wir um sechs aufmachen. Donna hat normalerweise die Frühstücksschicht, also vertrittst du sie da. Du wirst bis nach dem Mittagessen arbeiten. Shannon kommt etwa um zwei. Wenn es ein Problem gibt ..." Abbie blickt auf und runzelte die Stirn. „Mach den Mund zu. Sonst regnet es hinein."

Megs Mund fiel so schnell zu, dass sie ihre Zähne klackern hörte. „Entschuldigung?"

„Dein Gesicht. Du siehst aus, als hätte ich dir gerade gesagt, dass du einen Marathon laufen musst, splitterfasernackt, im Winter. Ist Frühstück und Mittagessen zu viel Arbeit für dich?"

„Nein. Nein. Ganz und gar nicht." Zumindest

hoffte sie das.

„Was dann?" Abbie lehnte sich zurück und nahm einen Schluck von ihrem Kaffee.

„Ich … ich dachte, ich werde gefeuert."

Abbie stellte ihre Tasse so schnell ab, dass die heiße Flüssigkeit über den Rand schwappte. Sie lache, bis sie zu husten begann. „Dich feuern? Liebes, du bist mein Notgroschen für schlechte Zeiten. Oh, ich weiß, dass das *neu* bald vorbei sein wird und sich alles wieder normalisieren wird, aber es passiert nicht oft, dass dieser Laden mehr tut, als nur die Kosten zu decken. Und das nutze ich aus, solange es geht. Also, bist du in der Lage, die Frühstücks- und Mittagsschichten zu übernehmen?"

Meg wackelt mit dem Kopf auf und ab, und ihr Magen knurrte hungrig und voller Freude. Sie hätte nie gedacht, dass sie so glücklich über einen Job als Kellnerin sein könnte, aber heute morgen fühlte es sich wie der beste Job der Welt an.

Das Handy neben den Belegen von gestern vibrierte auf dem Tisch. Abbie nahm es mit einer Hand und gab Meg mit der anderen ein Zeichen, mit dem Essen zu beginnen. „Hallo. … Hi, Miss Eileen. … Ja, das stimmt. … Ja, ja, das ist sie. Einen Augenblick." Abbie hielt Meg das Telefon hin. „Es ist für dich."

Wenn Meg zuvor verwundert ausgesehen hatte, dann war ihr Gesicht jetzt ohne Zweifel voller Schrecken. Hatte ihr Vater sie schon gefunden? Nein. … Abbie hatte *Miss Eileen* gesagt. Meg nahm das Handy und hob es langsam an ihr Ohr. „Hallo?"

„Guten Morgen", sagte eine Frau mit starker Stimme. „Ich bin Eileen Callahan. Du hast gestern Morgen meinen Neffen Adam kennengelernt."

„Ja, Ma'am. Er hat mir sehr geholfen. Danke."

„Ich bin froh, das zu hören. Ich weiß, dass du neu

in der Stadt bist und es nicht einfach ist, sich einzuleben."

Meg lachte beinahe. Mit dem Wenigen, das sie bei sich hatte, gab es nicht viel zum Einleben. „Abbie hilft mir dabei, mich einzuleben."

„Gut. Freut mich zu hören. Hierzulande ist Sonntag Familientag", fuhr Eileen fort. „Ich freue mich, dich zum Abendessen bei uns einzuladen."

„Oh, ähm, danke. Ich bin sicher, das wäre schön irgendwann, aber –"

„Ich weiß, dass dein Auto in Neds Werkstatt steht, also brauchst du eine Mitfahrgelegenheit."

Meg war sich sicher, dass hier zwei verschiedene Unterhaltungen stattfanden. „Nun, sobald Ned den Kühler eingebaut hat, wird es nicht lange dauern, bis –"

„Ja, ich habe von der langen Lieferzeit gehört. Tut mir leid, das zu hören. Ein gutes Familienessen ist genau das Richtige, um all die Probleme zu vergessen."

„Normalerweise würde ich Ihnen zustimmen, aber –"

„Gut. Adam hat auf der Ranch von Thomas zu tun, also wird Brooks dich abholen."

„Oh." Meg schluckte. Sie war noch nicht bereit, sich mit den Nachbarn anzufreunden. Sich anzufreunden führte für gewöhnlich zu Fragen und sie war bei Weitem noch nicht bereit, irgendwelche Fragen zu beantworten. „Ich wollte nicht –"

„Er wird um zwei bei dir sein."

„Aber ich –"

„Ist das zu früh? Wäre halb drei besser für dich?"

Die Dame klang so verdammt nett und entschlossen. „Ähm, nein. Zwei geht in Ordnung. Danke."

„Wunderbar. Bis bald." Der Anruf endete und Meg gab ihrer neuen Chefin das Handy zurück.

„Lass mich raten." Abbie grinste. „D.J. holt dich

zum Sonntagsmahl ab.“

Meg schüttelte den Kopf. „Brooks.“

„Gute Wahl.“ Abbie lächelte.

„Mm.“ Meg fragte sich, warum sie zum Familienessen der Farradays eingeladen wurde. Sie gehörte nicht zur Familie. Für alle bis auf Adam, der anscheinend nicht anwesend sein würde, war sie eine Fremde. „Was ist gerade passiert?“

„Eileen Callahan ist passiert.“ Abbie lehnte sich vor und tätschelte Megs Hand. „Ich weiß, dass du ein Großstadtmädchen bist, aber hier draußen laufen die Dinge etwas anders. Nachbarschaft ist mehr als nur ein Wort. Stell dir Miss Eileen als weibliches Oberhaupt von Tuckers Bluff und als Vorsitzende des Begrüßungskomitees vor. Wenn du offiziell hierhergezogen wärst, hättest du jetzt bereits einen Gefrierschrank voller Blaubeermuffins und hausgemachten King-Ranch-Aufläufen.“

Trotz des komischen Gefühls in ihrem Magen fühlte Meg die Anzeichen eines echten Lächelns auf ihren Lippen. „Wenn die Aufläufe so gut sind, wie die, die man auf Bauernmärkten bekommt, würde es sich lohnen, sich hier ein Haus zu suchen.“

„Sinn für Humor. Gut. Ich bin froh, dass du hier bist, Meg O’Brien. Jetzt musst du nur noch dieses Formular für mich ausfüllen.“ Abbie schob ein Lohnsteuerformular über den Tisch und blickte Meg ins Gesicht.“

Wenn sie das ausfüllte, wenn ihr Arbeitsverhältnis gemeldet wurde, würden sie sie finden? Sie konnte Abbie nicht in die Augen sehen. Was nun?

„Meg“ – Abbie legte ihre Hand wieder auf Megs – „sucht dich jemand? Du musst keine Angst haben.“

„Was?“ Meg hob ihren Blick vom Papier. Tiefe Sorge, fast Angst starrte Abbie an. Jetzt machte es Sinn, dass Abbie ihr half. Sie musste denken, dass Meg wegen häuslicher Gewalt davongelaufen war. „Nein. Nichts dergleichen." Meg war nicht wirklich die Person, die Ärger hatte.

Abbie lehnte sich zurück und senkte ihr Kinn in stiller Akzeptanz. „Das geht in einen Ordner in meinem Aktenschrank. Das Finanzamt wird erst wissen, dass du hier bist, wenn ich die Steuermeldungen im Januar versende."

Meg sagte kein Wort. Sie zog das Papier näher zu sich, nahm den Kugelschreiber, den Abbie ihr reichte und füllte das Formular aus. „Danke."

„Können wir dieses eine Mal mit der Nachspeise anfangen?" Adam legte seinen Hut auf eine Ablage und folgte seiner Nase in die Küche zu Tante Eileens hausgemachtem Blaubeerkuchen. „Die Regeln sind seit zwanzig Jahren dieselben. Und sie werden sich heute nicht ändern." Ihre Stimme klang ernst, doch ihre Augen funkelten schelmisch.

„Stell dich hinten an." D.J. kam durch die Hintertür herein und hob seine Nase in Richtung seiner Tante. „Ich konnte diesen leckeren Kuchen schon auf halbem Weg hierher riechen."

Adam schlich sich von hinten an seine Tante heran, während diese gerade den Kuchen zum Abkühlen auf ein Regal stellte. Er legte seine Arme um ihre Taille, küsste sie auf die Wange und flüsterte ihr ins Ohr: „Gib es zu. Der Kuchen ist für deinen Lieblingsneffen. Mich."

Sie schlug seine Hände weg und drehte sich um. „Ich habe keinen Lieblingsneffen, Adam Farraday, und das weißt du." Dann stellte sie sich auf die Zehenspitzen und gab ihm einen Schmatzer auf die

Wange.

„Wie geht es dem Kalb?" Adam öffnete den Kühlschrank, schnappte sich ein paar Bier und warf eines seinem Bruder zu.

„Das ist kein Football." Eileen schnaubte, die Hände in die Hüften gestemmt. „Kannst du deinem Bruder das Bier nicht einfach geben? Musst du es unbedingt werfen?"

„Das würde bedeuten, dass sie ihre kindischen Spielereien aufgeben müssten." Finnegan „Finn" Farraday, der zweitjüngste des Clans – derjenige, der seine Geschwister unterbutterte, als wäre er der erstgeborene – streifte seine Stiefel an der Matte vor der Hintertür ab. „Wir werden wohl akzeptieren müssen, dass diese beiden Rüpel hier nie erwachsen werden."

D.J. nahm einen tiefen Zug und blickte seinen Bruder mit langgezogenem Hals an. „Ich denke, die Einwohner von Tuckers Bluff wären beleidigt, wenn du ihren Polizeichef als *Rüpel* bezeichnest."

„Warum?", Finn nahm sich ebenfalls ein Bier aus dem Kühlschrank. „*Sie* habe ich nicht als Rüpel bezeichnet."

Die Hintertür schwang wieder auf und schloss sich dann mit einem dumpfen Schlag. Mit über einem Meter achtzig und immer noch genauso stark und kräftig wie seine Söhne ging Sean Patrick Farraday zur Spüle und drehte den Wasserhahn auf. „Bei Brannans Scheune ist ein kaputter Zaun. Ich habe ihn notdürftig gerichtet, aber wir müssen es morgen früh anständig machen."

D.J. griff nach einer Tüte Chips über dem Kühlschrank. „Ich denke, es ist an der Zeit, dass wir aufhören, den alten Zaun zu flicken und diesen Abschnitt einfach ersetzen. Ich weiß nicht, was älter ist, er oder diese wackeligen Pfosten. Wenn ein starker Wind reicht, um einen ganzen Zaunabschnitt umzuwerfen, ist es an der Zeit, einen neuen zu bauen.“

Ein ernster Blick von Tante Eileen und D.J. legte die Chipstüte zurück, so gehorsam, wie sie alle es schon als Kinder waren. Als sie zu Teenagern wurden, kannten die Jungs die Blicke ihrer Tante auswendig. Dieser spezielle Blick schrie ganz deutlich HEB DIR DEN HUNGER FÜRS ABENDESSEN AUF.

„Wir können ihn nicht ohne seine Erlaubnis ersetzen. Und der Mann ist zu stur, um ein wenig Nachbarschaftshilfe anzunehmen.“ Adam nahm seinen üblichen Platz am Küchentisch ein. „Also, wie geht es dem Kalb?“

„Gut.“ Finn beäugte den warmen Kuchen. „Aber wir müssen es weiter mit der Flasche füttern.“

„Wo bleibt Brooks?“ Ihr Dad schenkte sich ein großes Glas Milch ein. Seit er die Diagnose Zwölffingerdarmgeschwür bekommen hatte, hatte er dem Bier abgeschworen und trank stattdessen die geschmeidige weiße Flüssigkeit, als wäre er ein wachsendes Kälbchen.

„Er musste einen Abstecher machen.“ Eileen stellte einen Stapel Geschirr auf den Küchentisch. „Wir bekommen Besuch. Einer von euch muss den Esstisch decken.“

Alle vier Farraday-Männer drehten sich um und starrten sie an.

„Seht mich nicht so an. Und jemand muss das gute Besteck holen.“

Erstaunt darüber, das Sonntagabendessen in einem Raum abzuhalten, der für Weihnachten, Thanksgiving und die gelegentlichen Leichenschmause reserviert war, standen Adam und seine Brüder wie angewurzelt da. Eine Sekunde später warf ihnen ihr Vater den anderen Teil des *Tut was man euch sagt*-Blicks zu, den er und ihre Tante vor so langer Zeit perfektioniert hatten.

Der Einzige, der heute Morgen schon hart gearbeitet hatte, Finn, war automatisch von der spontanen Hausarbeit entschuldigt und rannte nach oben, um sich zu waschen. D.J. war bereits am Buffet und zählte das gute Silberbesteck ab. Der Patriarch der Farraday-Sippe breitete die Tischdecke auf dem edlen Mahagonitisch aus, der sich schon seit Generationen im Besitz der Familie befand. Vorsichtig den Stapel Geschirr jonglierend ging Adam langsam zum Tisch. Obwohl die Neugier allen ins Gesicht geschrieben war, war niemand bereit, das Offensichtliche zu fragen. Wer zum Teufel würde zum Abendessen kommen?

KAPITEL SECHS

„**D**u, D.J., Finn, Adam, Connor, Ethan und Grace." Meg führte eine mentale Strichliste, während sie die Namen wiederholte. „Sieben."

Brooks kicherte auf dem Fahrersitz seines Chevy Suburbans. „Zählen kannst du."

Früher an diesem Nachmittag war sie auf dem von der Eingangstür des Cafés am weitesten entfernten Hocker gesessen und hatte eine Tasse heißen Tee getrunken, während sie dem Kommen und Gehen der Gäste beiwohnte. Ihre Interaktionen waren sehr interessant gewesen. Gestern – als sie wie ein aufgescheuchtes Huhn umhergeeilt war und die Gäste bedient hatte – hatte sie nicht viel von ihnen mitbekommen. Und noch weniger in Erinnerung behalten. Jetzt konnte sie zusehen, wie Abbie ihre Arbeit erledigte. Sonntagnachmittags war sie die einzige Bedienung. Es lag wohl daran, dass der Sonntag ein Familientag war. Trotzdem war das Café zur Mittagszeit gut besucht. Hauptsächlich Leute, die nach der Kirche etwas essen wollten, hatte Abbie erklärt.

Es war schön, die Familien in ihrer Sonntagskleidung zu sehen. Kleine Mädchen in schönen Kleidchen und Jungen in Hemden. Ein paar Teenager saßen in der Ecke, in der die Damen gestern Poker gespielt hatten. Ein paar Leute, die allein gekommen waren, saßen am Tresen. Burt Larson, der Besitzer von

Fred's Hardware hatte sich neben sie gesetzt, um etwas zu plaudern. Ein netter alter Junggeselle, der den Eisenwarenladen von Fred gekauft hatte und keinen Grund gesehen hatte, einen Namen, den die Leute hier kannten, zu ändern. Er schien etwas über jeden in dem Diner zu wissen und gab sein Wissen gerne weiter. Außerdem trank er seinen heißen Tee mit Sahne. Eine seltsame Eigenheit, die sie sich für seinen nächsten Besuch merken würde. Meg hatte schon sehr früh bemerkt, dass Abbie nicht nur die Namen aller Gäste, sondern auch ihre Lieblingsgetränke kannte.

„Die übliche Diätcola, Miss Susan?"

„Koffeinfrei ist gerade ausgegangen, Harry. Aber ich habe eine neue Kanne für dich aufgesetzt."

„Wasser, ohne Eis, mit einem Spritzer Zitrone. Kommt sofort, Miss Cassie."

Und alle schienen Abbie aufrichtig zu mögen. Nicht, dass es etwas gab, was man nicht an ihr mögen konnte, aber die Atmosphäre hier war anders. Fast perfekt. Wie Szenen aus einem Schwarzweiß-Film. Der Art Film, in denen Square Dance getanzt wurde und man nach dem gemeinsamen Aufstellen einer Scheune zusammen ein Picknick machte. Ganz anders als ihre Welt, in der Barbesuche und Internet-Dating an der Tagesordnung waren und man wegen jeder Kleinigkeit Versicherungsfirmen und TV-Anwälte brauchte.

Um exakt zwei Uhr läutete die Glocke an der Eingangstür und Meg dachte erst, dass Adam doch gekommen war, um sie abzuholen. Sie brauchte ein paar Sekunden, um festzustellen, dass der Mann an der Tür nicht Adam war, sondern ein fast identisches Double. Gut über einen Meter achtzig, mit breiten Schultern und den für West-Texas typischen Bluejeans und abgetragenen Stiefeln. Ihn zierten dieselben pechschwarzen Locken wie auch Adam, doch als er sich ihr näherte, waren es keine kristallblauen Augen, die sie begrüßten. Die Augen dieses Mannes waren fast so grün wie Kleeblätter. Eileen hatte nicht erwähnt, wer Brooks war, doch jedem, der die beiden sah, war klar, dass die beiden Brüder waren. Vielleicht sogar Zwillingsbrüder.

Auf der kurzen Fahrt aus der Stadt hatte er ihr vom Rest der Familie erzählt. Es war viel einfacher, ihn reden zu lassen, als die Standardfragen zu beantworten, woher sie kam und was sie in Tuckers Bluff machte.

„Und du bist Arzt."

Er nickte.

„Aber von den sieben werden nur ein paar beim Abendessen anwesend sein?", fragte sie. Für ein Einzelkind, deren Freunde maximal ein oder zwei Geschwister hatte, wirkten sieben wie das Thema einer Reality Show.

„Finn, der jüngste von uns Jungs führt die Ranch. Er wird da sein. Dann natürlich ich, Adam, den du bereits kennst. D.J. –"

„Das steht für Declan James?"

„Korrekt." Er nickte und bog unter einem gewaltigen Eisenbogen mit einem verzierten *F* in der Mitte auf eine Schotterstraße ab.

Auf dieser holprigen Straße war sie froh, in Brooks großem SUV anstatt in ihrem Viertürer zu sitzen. Oder noch schlimmer, in Jonathans Sportwagen. West-Texas musste bezüglich geteerter Straßen noch einiges lernen.

„Ethan, Connor und Grace werden nicht da sein", fuhr Brooks fort.

Meg schloss die Augen und ging in ihrem Kopf noch einmal die Namen durch und versuchte sich zu merken, wer wer war und wen sie kennenlernen würde. Adam, Brooks, Connor, D.J., Ethan. Ihre Augen flogen auf. „Ihr seid alle in alphabetischer Reihenfolge", quietschte sie.

Ein herzhaftes Lachen erfüllte den Innenraum. „Du

hast etwas gebraucht, um das zu bemerken. Ja. Mom liebte *Eine Braut für sieben Brüder*. Dad gab schließlich nach, aber er weigerte sich, uns wie die Charaktere des Films zu nennen."

„Aber der älteste der Brüder in dem Film hieß Adam."

„Ja." Brooks steuerte um eine Kurve. „Aber Dad wusste nicht, was sie vorhatte, bis ich geboren wurde. Ich wäre fast ein Benjamin geworden. Letztendlich einigten sie sich auf den Mädchennamen meiner Großmutter Sarah. Brookstone."

„Verstehe." Als sie die Kurve durchfahren hatten, erhob sich ein großes Haus in der Ferne. Es bestand hauptsächlich aus Naturholz und stand inmitten gelber Felder. „Wow."

Brooks lächelte und wurde langsamer.

Ihre Augen bewunderten die Details des Hauses, als sie näherkamen. Blumen in allen Farben waren vor dem Haus und in vom Dach der Veranda hängenden Blumentöpfen gepflanzt. Eine gewaltige Veranda mit mehreren Schaukelstühlen zu beiden Seiten der Eingangstür. Ein paar immergrüne Sträucher zierten die Seiten des Gebäudes. Einige Eichen erzeugten mit ihren ausladenden Ästen eine schattige Oase an der Vorder- und Rückseite des Hauses, doch der Rest des Grundstücks war unbepflanzt. Sie war zwar immer noch im Staate Texas, aber hier war sie definitiv in einer fremden Welt gelandet.

Die Vordertür knarzte, als Brooks sie öffnete, und alle Köpfe im Raum blickten auf. Adams Blick senkte sich wieder auf das Gedeck vor ihm, als er einen Hauch Rot erblickte, und sein Kopf schoss wieder nach oben. Meg

O'Brien trat mit einem zaghaften Lächeln auf den Lippen über die Schwelle.

„Hallo, meine Liebe." Eileen durchquerte den ausladenden Wohnbereich. „Schön, dass du hier bist."

„Danke." Die junge Frau sah aus, als hätte sie gerade eine Arena voller schnaubender Stiere betreten. Ihr Blick suchte die Umgebung ab und auf Adam wirkte es, als hätte sie einen Schritt zurück gemacht, um sich auf den Rückzug vorzubereiten.

„Adam kennst du bereits." Eileen zeigte vom Eingangsbereich aus auf ihn und lenkte sie sanft in Richtung Küche, wo seine Brüder und sein Vater waren.

Wie ein hirnloser Idiot winkte er immer noch, als sie bereits sein Blickfeld verlassen hatte. Seine Gedanken waren immer noch bei ihrem sanften Lächeln, ihrem ängstlichen Blick und dem Schwung ihrer Hüften, als sie in die Küche gegangen war. Diese Meg war das absolute Gegenteil zu der temperamentvollen Frau, die er am Straßenrand gerettet hatte, und er fragte sich, welche Version im Bett zum Vorschein kommen würde.

„Ziemlicher Hingucker." Brooks hatte sich ihm von hinten genähert.

„Ist sie das?" Manchmal war es das Beste, nichts zu sagen, und den Schein zu wahren. Adam konzentrierte sich darauf, das letzte Geschirr auszulegen und seine Gedanken im Zaum zu halten.

„Erinnert mich an ein scheues Fohlen. Hübsch, aber sie verbirgt etwas. Auf der Herfahrt war sie den einfachsten Fragen ausgewichen, bis sich die Unterhaltung nur noch um unsere Familie drehte. Was ist ihre Geschichte?"

„Woher soll ich das wissen?"

„Du hast sie gefunden."

„Und?" Adam hob seinen Blick, um seinem Bruder

in die Augen zu sehen.

„Du hast sie in die Stadt gefahren.“

„Du hast sie *aus* der Stadt hierhergebracht. Wieso sollte ich mehr wissen als du?“

Brooks blickte an ihm vorbei zur Küche. „Ned sagt, sie ist eine Braut auf der Flucht. Denkst du, ihr Ehemann sucht nach ihr?“

Als er ihr tränenverschmiertes Make-up gesehen hatte, hatte Adam angenommen, dass sie vor dem Altar sitzengelassen worden war. Könnte es auch andersherum sein und ein verlassener Ehemann war jetzt hinter ihr her? „Ich weiß nicht.“

„Den Gerüchten zufolge hat sie Geld. Warum denkst du, arbeitet sie für Abbie?“

Sich vor ihrem neuen Ehemann verstecken? Dieser Gedanke missfiel ihm. Sehr.

Lauter werdendes Gelächter drang ins Esszimmer. Sein Vater hatte seinen besten irischen Akzent ausgepackt und erzählte Geschichten über seinen Onkel George. Neben ihm kam Meg kichernd herein. Als der Rest der Familie den Wohnbereich betrat, schenke sie seinem Vater gerade ein strahlendes Lächeln und Adams Magen verkrampfte.

Während des gesamten Abendessens versuchte er sein Bestes, Meg, die neben ihm saß, nicht anzustarren. Oder zumindest nicht dabei erwischt zu werden. Und er strengte sich auch an, nicht über den Tisch zu springen und seine Brüder in den Schwitzkasten zu nehmen, als sie sich vergaßen und sie anstarrten. Nicht, dass er es ihnen verübeln konnte. Sie war wirklich wunderschön.

Tante Eileen hielt ihr den Brotkorb hin. „Nimm noch eines. Sag uns, wie lange gedenkst du, in Tuckers Bluff zu bleiben?“

Ihr Blick senkte sich gerade lange genug, dass seine Tante ihm einen schweigsamen Blick zuwerfen konnte, bevor Meg die Augen wieder hob. „Ich weiß es noch nicht. Auf jeden Fall so lange, bis mein Auto repariert ist."

„Ich weiß, dass es schwer für eine Familie ist, wenn alle so weit verstreut leben." Eileen behielt ihr Lächeln, doch ein abwesender Blick erfüllte ihre Augen.

„Er wird wieder zurückkommen." Sean beugte sich herüber und tätschelte seiner Schwägerin die Hand.

Ein paar Sekunden war es still am Tisch. Es war Standardprozedur im Farraday-Clan, sich auf den Tag zu konzentrieren, an dem Ethan zurückkommen würde und nicht darauf, was er gerade machte. Aber sie alle waren verdammt stolz auf ihren Bruder, der Hubschrauberpilot bei den Marines war. Seine Uniform wies so viele Medaillen auf, dass niemand abstreiten konnte, wie verdammt gut er in seinem Job war. Es war einfacher für alle, nicht darüber nachzudenken, was er getan hatte, um all diese Medaillen zu erhalten. Besonders nicht beim Abendessen mit einem Gast.

Adam nahm sich einen Nachschlag. „Hat jemand in letzter Zeit etwas von unserer kleinen Schwester gehört?"

„Oh ja." Auf Tante Eileens Gesicht sprießte ein Lächeln. „Sie hat heute morgen angerufen, um Bescheid zu sagen, dass sie an dem Wochenende von Sandra Lynns Hochzeit nach Hause kommen wird. Hochzeiten sind immer gut, um die Familie zusammenzubringen."

So sehr er auch wollte konnte Adam sich nicht zurückhalten, einen flüchtigen Blick auf Meg zu riskieren, um zu sehen, wie sie auf das Hochzeitsthema reagierte. Er war sich nicht sicher, ob er dadurch herausfinden wollte, ob sie die Verlassende oder die Verlassene war, oder ob er sich einfach nur Gedanken über ihre Gefühle machte. Doch ihr Gesichtsausdruck war ruhig und gelassen und zeigte nicht die geringste

Andeutung, dass sie wegen des Kommentars betrübt gewesen wäre.

„Ich habe gehört, dass Grace Jura studiert." Meg lächelte.

„Ihr letztes Jahr", verkündete Sean stolz. „Für das Geld sollte sie nach dem Abschluss am Obersten Gerichtshof anfangen können."

„Also, Sean." Eileen verdrehte die Augen.

„Ich hoffe einfach, dass sie etwas gegen Strafzettel machen kann", sagte Brooks, bevor er sich noch ein Stück Braten in den Mund schob.

„Strafzettel?", knurrte Sean. „Drei Jahre an einer der besten Jurafakultäten in Texas und du denkst an Strafzettel?"

„Niemand bekommt Strafzettel. Nicht hier", fügte D.J. hinzu.

Eileen schüttelte den Kopf und kicherte. Es ist ja nicht so, als gäbe es hier Parkuhren.

D.J. nahm sich das letzte Stück vom Braten. „Hoffentlich strebt sie an, Testamente und kleinere Schadensforderungen zu bearbeiten, denn viel mehr wird es hier für sie nicht zu tun geben."

Ihren Teller und den ihres Schwagers aufsammelnd erhob sich Eileen. „Ihr Jungs hört besser auf, Probleme zu suchen, wo es keine gibt. Jeder braucht irgendwann mal einen Anwalt. Wir sind hier vielleicht in einer Kleinstadt, aber das County ist groß genug für mehr als nur einen Anwalt."

„Hier. Lassen Sie mich helfen." Meg stand auf und griff nach Adams leerem Teller.

„Unsinn. Du bist unser Gast." Eileen drehte sich zu D.J. um. „Warum führst du Meg nicht draußen herum. Zeig ihr das neue Kalb."

„Sorry." D.J. lächelte entschuldigend, bevor er sich dem Handy in seiner Hand zuwandte. „Ich muss zurück ins Büro."

Tante Eileens Gesicht verzog sich vor Sorge. „Ist etwas nicht in Ordnung?"

Sich immer noch auf das Display konzentrierend schüttelte D.J. den Kopf. „Noch nicht sicher." Als er die Nachricht zu Ende gelesen hatte, steckte er das Telefon in seine Tasche, blickte in das besorgte Gesicht seiner Tante und streichelte sie an der Augenbraue. „Nichts, um was du dir Sorgen machen musst." Er küsste sie auf die Stirn und drehte sich zum Rest des Raums. „Sorry, dass ich nicht länger bleiben kann."

Der Raum blieb einige Sekunden lang still, während D.J. sich seinen Hut schnappte und zur Vordertür hinausging. Er wurde nicht oft von einem Familienessen weggerufen. In diesem Teil des Landes war es sehr ruhig. Es hatte nicht viel Aufregendes gegeben, seit die Brady-Jungs *Ich liebe dich* auf den preisgekrönten Bullen von Amanda Rankins Vater gesprüht hatten. Aber niemand garantierte, dass nicht eines Tages doch echter Ärger nach Tuckers Bluff kommen könnte.

„Warst du schon einmal auf einer Ranch?" Sean war der erste, der seine Aufmerksamkeit wieder ihrem Gast zuwandte.

„Leider nein."

„Dann hat Eileen recht. Du musst den neuen Zuwachs in der Scheune sehen." Er blickte zu Adam. „Warum gehst du nicht mit ihr hinaus?"

„Das ist nicht nö–"

„Geh ruhig mit meinem Sohn. Es ist nie langweilig, die Wunder von Mutter Natur bestaunen zu können. Aber gib dem Kalb keinen Namen."

Megs Augen wurden kugelrund und Adam fing fast zu lachen an. Auf einer Farm aufzuwachsen hatte ihn gelehrt, Kälbern nie Namen zu geben, und angesichts ihres Blicks hatte Meg für ein Großstadtmädchen schnell geschlussfolgert warum.

„Komm." Adam stand auf und half ihr aus dem Stuhl. Seine Finger streiften sie, als sie sich vom Tisch entfernten und er musste tief einatmen. Wenn er ein kluger Mann gewesen wäre, hätte er Brooks diese Aufgabe übertragen. Aber andererseits, wenn es um Frauen ging, hatte noch nie jemand behauptet, dass er klug war.

KAPITEL SIEBEN

Der Schock, als sie Adams Finger an ihrer Seite fühlte, war so überraschend, so aufgeladen, dass Meg nach unten blicken musste, um sich zu vergewissern, dass nicht statische Aufladung durch einen Teppich die Ursache war. Aber es strahlte sie nur ein polierter Parkettboden an. Kein Läufer.

„Das ist der Weg zur Scheune."

Für sie wäre ein *Weg* aus Asphalt oder Beton, zumindest jedoch aus einer Art Kopfsteinpflaster. Hier draußen hatte das Wort *Weg* offensichtlich eine andere Bedeutung. Als sie auf der Ranch angekommen war, hatte sie bemerkt, dass der Großteil der Umgebung trist und farblos gewesen war. Lediglich der Bereich ums Haus herum wies Tupfer von Grünflächen auf. Besonders unter dem Schatten der seltenen Bäume zu beiden Seiten des *Wegs*. Festgetretener Dreck und Kiesel gaben frischem Gras wenig Wachstumsmöglich-keiten und zogen eine Linie in Richtung eines gewaltigen Gebäudes.

„Wir lassen unsere zwölfhundert Rinder auf fast fünfzigtausend Hektar Land weiden."

Fünfzigtausend? „Das klingt wirklich groß."

„Groß ist relativ. Man braucht viel Land pro Tier in diesem Teil des Staats. Finn hat schon länger ein Auge auf das Land unseres Nachbarn Ralph Brannan." Adam öffnete das Scheunentor und trat beiseite, um sie als erste eintreten zu lassen.

Sie bemerkte, dass er ihr viel Raum gab, und fragte sich, ob die statische Entladung im Haus ihn ebenso verwirrt hatte wie sie.

„Brannan kommt langsam in das Alter, in dem er die Arbeit auf der Ranch nicht mehr machen kann. Dad und Finn haben ihm bereits seine Herde abgekauft und pachten sein Land als zusätzliche Weidefläche. Erst heute mussten Dad und Finn einen umgestürzten Zaun für ihn reparieren."

„Das war nett von ihnen."

„Hier draußen passen Nachbarn aufeinander auf."

„Hat der Mann keine Familie?"

Adam nickte. „Eine Tochter und Enkelin irgendwo im Osten. Habe sie schon seit Jahren nicht mehr gesehen. Ich bezweifle, dass sie die Ranch übernehmen wollen. Brannan hat Dad schon vor Jahren versprochen, dass wir ein Vorkaufsrecht bekommen, wenn er verkauft. Und jetzt hat mein Bruder Connor auch ein Auge auf das Land geworfen."

„Connor? Das ist der Armypilot?"

„Nein. Das ist Ethan. Connor arbeitet im Ölbusiness."

„Ach ja." Meg nickte. „Ölplattformen."

„Mittel zum Zweck. Er wollte schon immer die Pferdezucht auf der Ranch expandieren. Aber ich denke, dass er jetzt – da er genug Geld gespart hat – eine eigene will. Unsere Schwester Grace hat Barrel-Racing gemacht, als sie ein Teenager war. Ein gutes Pferd macht da einen großen Unterschied. Neben dem Training."

„Und Connor kennt sich damit aus?"

„Mehr als nur auskennen. Der Junge hatte schon immer ein magisches Händchen für Pferde." Adam führte sie weiter in die Scheune hinein.

Soweit sie es sagen konnte, glich dieses Gebäude den Scheunen oder Ställen, die sie im Fernsehen gesehen hatte. Ein breiter zentraler Gang mit Boxen an beiden Seiten. Etwa auf halbem Weg wies er auf die Futterräume hin. Sie nahm an, dass dort das Futter gelagert wurde. Adam machte kurz Halt, griff in einen Behälter auf einem Regal und holte etwas heraus. „Hier, tu die in deine Tasche."

Sie tat wie befohlen und blickte dabei auf den kleinen Behälter. Alles, was sie auf dem Schild darauf ausmachen konnte, war eine Karotte. Bevor sie Fragen stellen konnte, ging Adam schon weiter. Sie beeilte sich, um mit seinen großen Schritten mitzuhalten. In diesem Teil der Scheune schienen die Abstände zwischen den Boxentüren größer zu sein. „Diese Boxen sind größer."

„Das sind sie." Er nickte. „Jede davon hat auch eine Hintertür, sodass man die Box auch von außen betreten kann."

„Warum haben das nur die hier?"

„Unterschiedliche Gründe. Wir nutzen diese Boxen für genesende Pferde. Oder Tiere, die von anderen schikaniert werden –"

„Wirklich? Das machen Pferde?"

Adam gab ein prägnantes Grunzen von sich. „Manchmal haben wir mehr mit Tieren gemeinsam, als wir zugeben wollen." Er öffnete eine Boxentür und trat hinein. „In diesem Fall handelt es sich um eine trächtige Stute. Eine aus Connors Zuchtbestand. So haben wir genügend Platz, wenn das Fohlen kommt. Wie in diesem Fall. Das hier ist Ginger."

Das überwältigende Lächeln, das Adams Gesicht einnahm, ließ sie den Kopf strecken, um neugierig hineinzublicken. „Wie schön."

Nicht, dass Meg Pferde wirklich beurteilen konnte, doch das Tier, das in dem geräumigen Bereich stand, war atemberaubend. Mit seinem dunklen kupferfarbenen Fell trat das Tier erhobenen Hauptes vor und seine Augen weiteten sich mit etwas, das Meg als Furcht oder Wut einschätzte. Trotzdem war das Tier wunderschön.

„Brav, Kleines." Adam trat vor, um das Pferd am Nacken zu streicheln, während er weiter mit Meg sprach. „Bleib leicht an der Seite, damit sie dich sehen kann."

Meg nickte, aber entschied sich, dass Stillstehen die klügere Entscheidung war. Dann fiel ihr Blick auf den winzigen Schatten hinter Ginger und Meg deutete aufgeregt mit dem Finger darauf. „Oh, schau, ein Baby."

Adam kicherte. „Das wäre Saffron. Sie ist ein Stutenfohlen, also weiblich. Männliche nennt man Hengstfohlen."

Hinter der Mutter blickte ein winziger Kopf hervor und studierte Meg.

„Hi, Saffron", flüsterte Meg.

Die Ohren der Mutter zuckten.

„Sie ist in Ordnung, versprochen", versicherte Adam Ginger und drehte sich dann zu Meg. „Jetzt wäre ein guter Zeitpunkt, um die Karotten aus deiner Tasche zu nehmen. Leg sie auf deine Handfläche, streck sie flach aus und lass sie zu dir kommen."

Ginger wirkte etwas unruhig und bewegte sich nicht, um ihr Fohlen abzuschotten. Doch dann streckte sie den Kopf und das nächste, was Meg fühlte, waren die Lippen des Pferdes, die sie kitzelten, als das Tier den Snack verspeiste. „Darf ich sie berühren?"

Adam nickte. „Sie mag es, wenn man ihr die Seite des Halses reibt. Denk nur daran, keine hastigen Bewegungen zu machen und deine Hände so zu halten, dass sie sie sehen kann."

„Hallo, Mama." Meg strich mit ihrer Hand über das Kinn des Pferdes. „Du und dein Baby sind so hübsch." Ginger senkte den Kopf und hob ihn dann wieder als wollte sie zustimmen, was Meg zum Lachen brachte. „Fast so als würde sie mich verstehen."

Immer noch lächelnd lehnte sich Adam gegen die Tür und verschränkte die Knöchel. „Lass dir von niemandem etwas anderes einreden. Sie versteht jedes Wort, das wir sagen."

Das Fohlen trat mit seinen langen Beinen hinter seiner Mutter hervor, neugierig aber immer noch ängstlich. Adam streckte die Hand aus und zog so das junge Pferd zu sich. „Komm her, Kleines."

„Gibst du ihr auch etwas?"

Adam schüttelte den Kopf. „Das ist noch nichts für sie. Sie bekommt nur ein Nackenkraulen."

Der Anblick von Mensch und neugeborenem Tier war faszinierend. Die Neugier des Fohlens und das Funkeln in Adams Augen. „Du liebst, was du tust."

„Das tue ich." Adam strich mit seiner Hand über die Seite des Pferdes. „Soweit ich zurückdenken kann, haben mich Tiere immer fasziniert. Aber anders als Connor – den die Schnelligkeit und Freiheit der Mustangs begeistern – machte ich mir eher Sorgen um den Vogel mit dem gebrochenen Flügel, den Hasen, der seine Mutter verloren hatte, oder den Wurf Kätzchen in der Scheune. Meine Mutter sagte, dass mein erstes Wort nicht *Mama* oder *Papa* war. Es war *Popee.*"

„*Popee*?"

„Das sollte *Pony* heißen."

Meg lächelte.

„Ich muss zehn gewesen sein, als mein Lieblingspferd Probleme beim Fohlen gehabt hatte. Mein Dad tat alles, was er konnte. Der Tierarzt steckte wegen eines Sturms am anderen Ende vom County fest. Wir schafften es, das Fohlen zu retten, doch wir verloren die Mutter. Das war der Tag, an dem ich entschied, Tierarzt zu werden."

„Und du hast es dir nie anders überlegt?"

Er schüttelte den Kopf. „Ich habe es nie bereut."

Meg konnte ihren Blick nicht von Saffron nehmen. Das Fohlen war eine winzige Version seiner Mutter und schleckte über Adams Hand. „Dein Dad hat recht. Das ist einfach atemberaubend."

„Das ist es." Er stand auf und stellte sich wieder neben die Tür. „Eines muss ich dir noch zeigen."

Meg streichelte noch einmal Gingers Hals. „Danke, dass du mir dein Baby gezeigt hast."

Erneut drückte sich Adam gegen die Boxentür und gab ihr so viel Platz wie nur möglich war. Auf der anderen Seite lehnte er sich gegen die Wand und deutete mit seinem Kinn in die Box. „Dieser kleine Kerl ist heute Morgen zur Welt gekommen."

Megs Wangen wurden erneut von einem breiten Lächeln nach oben gezogen. In der Box lag ein Kalb zusammengerollt in einem Bett aus Heu. „Wie süß."

Adam antwortete nicht; er nickte nur.

Und dann erinnerte sie sich daran, was Mr. Farraday gesagt hatte. *Gib ihnen keine Namen.* Meg hatte das ausgeprägte Gefühl, nie wieder Kalbfleisch in einem Restaurant bestellen zu können. „Wo ist seine Mama?"

„Er ist das erste Kalb seiner Mutter. Sie war überfordert und hat ihn abgelehnt. Einer der Cowboys hat gesehen, wie die Mutter nach ihm trat, als er zum Säugen wollte."

„Oh, das arme Ding."

Das Mitleid, das sie für den kleinen Kerl verspürte, musste sich auf ihrem Gesicht abgezeichnet haben. Adam drückte sich von der Wand weg und lächelte sie beruhigend an. „Das passiert manchmal. Er wird jetzt mit der Flasche aufgezogen."

Das Kalb rappelte sich auf und ging zu Adam, der am Rand der Box in die Hocke gegangen war. So wie das Kalb an Adams Finger nuckelte, war ihr klar, dass es nach etwas zu Essen suchte, und ihr Herz schmerzte.

Adam breitete die Finger aus und ließ das Kalb daran saugen. „Er hat gerade erst gegessen, also braucht er nicht wirklich etwas, aber das Saugen beruhigt ihn."

Für Meg fühlte sich alles so surreal an. Noch vor ein paar Tagen war sie in eine geräumige Eigentumswohnung im Zentrum von Dallas gezogen und hatte die Stunden gezählt, bis sie sie mit ihrem neuen Ehemann teilen würde. Das Einzige, über das sie sich bezüglich des Großstadtlebens beschweren konnte, war es, in der vierstündigen Rush-Hour von Dallas von Punkt A nach Punkt B zu kommen. Jetzt stand sie zusammen mit einer Babykuh und einem Babypferd und einem Mann, der aussah, als würde er in einen Western gehören, um dort den Tag zu retten, in einer Scheune auf dem Land, wo das Wort *Verkehr* keine Bedeutung hatte und *Rush-Hour* ein Fremdwort war.

Aber die Sache, die für sie am überraschendsten war? Nein, nicht als Kellnerin zu arbeiten oder in einem Zimmer über einem Café zu wohnen oder ihre Klamotten bei zwei Schwestern zu kaufen, die anscheinend keine echten Namen hatten, oder bei einem traditionellen Sonntagsessen eingeladen zu sein. *Nein.* Dass sie die letzten beiden Tage und besonders ab der Sekunde, als sie die Schwelle zum Anwesen der Farradays überschritten hatte – bis zu diesem Augenblick – nicht auch nur den geringsten Gedanken an Jonathan Cox verschwendet hatte. So wütend sie wegen des Schlamassels, in das er sie gebracht hatte, auch auf ihn war, es tat ihr mehr weh, das kleine Kalb zu sehen, das die Liebe seiner Mutter verloren hatte. Wie konnte sie rein gar nichts fühlen?

Gut, sie war immer noch verdammt sauer und vielleicht auch noch ein wenig verängstigt. Okay, sehr verängstigt. Aber sie hätte gedacht, dass sie wenigstens ein wenig traurig, deprimiert oder verletzt sein würde. Das einzige Gefühl, das aufkam, wenn sie an Jonathan dachte, war der Drang, ihm den Hals umzudrehen. Was sagte das über den angeblichen Mann ihrer Träume aus? Und warum war sie neben all diesem Heu auch nur ein wenig besorgt, dass die entstehende Elektrizität die Scheune in Flammen stecken würde, sollte sie erneut mit Adam zusammenstoßen?

„Also, was denkst du?" Sean Farraday sah aus dem Fenster der Hintertür.

Brooks blickte von seiner Tasse Kaffee auf. „Worüber?"

Der Patriarch der Farradays blickte seinen Sohn über die Schulter an. „So begriffsstutzig kannst du doch nicht sein?"

„Wie bitte?"

„Die Frau. Meg. Und deinen Bruder."

Dunkle Augenbrauen, die seinen eigenen glichen, wanderten Brooks Stirn nach oben. Oft war in großen Familien jedes Kind etwas anders, eine einzigartige Kombination der Gene von Mutter und Vater. Groß, klein, dick, dünn, dunkelhaarig oder blond. Und dann gab es Familien wie die von Sean. Ein Farraday-Sohn oder eine Farraday-Tochter waren unverkennbar.

„Meg wirkt ganz nett, aber ich würde ihren und Adams Namen nicht im selben Satz benutzen."

„Ich weiß nicht." Sean wandte seinen Blick wieder dem Land draußen zu. Seine Jungs wurden alle älter und keiner von ihnen zeigte auch nur das geringste Anzeichen, sich häuslich niederlassen zu wollen. Nicht, dass seine Söhne wie Einsiedler lebten, aber Sean hatte bisher noch nicht erlebt, dass eine Frau lange Zeit ein

Teil im Leben eines seiner Söhne gewesen war.

Seit seine Frau verstorben war, hatte es ihm unbeschreibliche Freude bereitet, seine Söhne zu starken und ehrbaren Männern heranwachsen zu sehen. Er würde es nicht sehen wollen, dass einem von ihnen das entginge, was er und Helen gehabt hatten. Der Gedanke, dass einer seiner Jungs keine Frau finden könnte, fing an, an ihm zu nagen. Sehr sogar.

Aber das Feuer, dass er in den Augen seines Sohnes sah, wenn Adam diese Rothaarige anblickte, gab Sean einen Hoffnungsschimmer. Es war nicht gut für so starke Männer, allein zu sein. Und dieses kleine Mädchen wirkte sehr irisch auf ihn. Sean war sich sicher, dass sie das zu ihren Haaren passende Temperament in sich hatte. Wie seine Helen. Feurig sein war etwas Gutes. Auf viele Arten. Aber so sehr er Meg auch mochte, sein Bauchgefühl sagte ihm, dass irgendetwas nicht stimmte. Hoffentlich würde, was auch immer es war, keinen Ärger für seine Jungs bedeuten.

KAPITEL ACHT

D. J. lehnte mit einer Hüfte an einer der Ecken des alten Eichenschreibtisches und blickte den diensthabenden Officer, Reed, an. „Sag mir noch einmal genau, was passiert ist. Und lass keine Details aus."

„Ein Typ kam rein. Hat mir einen Privatdetektivausweis vor die Nase gehalten und ihn so schnell wieder weggepackt, dass ich nicht lesen konnte, was darauf stand."

„Was genau wollte er?"

„Er hatte ein Foto der neuen Kellnerin bei sich. Sagte, dass es um eine Befragung bezüglich einer FBI-Ermittlung geht."

„Hat er zufällig gesagt, warum er sie sucht?"

Reed zuckte mit den Achseln. „Er ist meinen Fragen gekonnt ausgewichen. Aber angesichts des neuen Jaguars, in dem er vorgefahren ist, war jemand bereit, gutes Geld dafür zu zahlen, sie zu finden."

Als D.J. gestern für Adam Megs Nummernschilder überprüft hatte, waren keine früheren oder ausstehenden Haftbefehle aufgetaucht. Wenn es stimmt, dass sie Teil einer größeren Ermittlung war, würde er dafür tiefer graben müssen. „Was hast du ihm gesagt?"

„Dass er gerne eine Kopie des Fotos und seine Kontaktdaten hierlassen könne. Und wir ihn anrufen würden, wenn sie hier durchkommt."

Interessant, dass nach nur zwei Tagen fast jeder in

dieser Stadt, inklusive Reed, einen Schutzkreis um die neue Einwohnerin aufgebaut hatte. Es war allen egal, wer sie war, woher sie kam oder wie lange sie bleiben würde. „Hat er die Kontaktdaten hiergelassen?"

Reed gab D.J. eine geprägte Visitenkarte. Der Officer hatte bei einer Sache Recht gehabt: Jemand scheute keine Kosten, um Meg O'Brien zu finden.

Die Adresse gehörte zu San Antonio. Megs Wagen war in Dallas registriert. Ein Backgroundcheck der Privatdetektei lief bereits. Man musste kein Genie sein, um zu wissen, dass an dem ganzen Szenario etwas seltsam war. Meg schien ein nettes Mädchen zu sein. Wirklich. Aber dass sie vom Kellnern nicht die geringste Ahnung hatte, konnte sogar ein Blinder sehen.

Nach dem, wie sie sich beim Abendessen verhalten hatte, würde D.J. die Ranch darauf verwetten, dass die Frau kein Problem damit hätte, mit dem Präsidenten der Vereinigten Staaten zu dinieren. Und sie hätte vermutlich bessere Manieren als er. Ihr Rücken war immer kerzengerade gewesen. Sie hatte sich nie über ihren Teller gelehnt; ihre Gabel war immer bis zum Mund gewandert. Sobald sie sich gesetzt hatte, hatte sich ihre Serviette auf ihrem Schoß eingefunden. Und wenn sie nicht gerade ihr Essen schnitt, ruhte ihre andere Hand ebenfalls auf ihrem Schoß. Meg machte keinen auf Schau oder übte Tischmanieren. Es war Gewohnheit für sie. Und das warf die Frage auf: Wer war sie wirklich und warum suchte jemand nach ihr?

Das ungekünstelte Staunen in Megs Augen, als sie das neugeborene Fohlen und das Kalb besucht hatten, ließ Adam von innen heraus strahlen. Immer, wenn er mit neuem Leben zu tun hatte, überkam ihn dasselbe Gefühl. Nichts an dem Wunder des Lebens war banal oder gewöhnlich und es gefiel ihm, dies in Megs Augen zu erkennen. Auf dem Weg zurück zum Haus musste er seine Hände in die Taschen stecken, um dem Drang zu widerstehen, ihre Hand zu nehmen.

„Ich nehme nicht an" – Meg wurde langsamer – „dass es in der Stadt eine Bücherei oder ein Internet-Café gibt?"

Aus der Art, wie sich eine ihrer Gesichtshälften verzog, konnte er schließen, dass sie sich der Antwort bereits bewusst war. „Leider nicht. In Butler Springs gäbe es eine Bücherei."

Ihre Augenbrauen kräuselten sich und sie zog die Lippen zwischen ihre Zähne.

„Was brauchst du?"

„Ich ... hatte noch keine Chance, ... zuhause anzurufen. Ich, ... ähm, habe mein Handy verloren und wollte eine E-Mail schreiben, bis ich ein neues Telefon habe."

„Abbie hat WLAN im Café. Wenn du schon einen Vertrag hast, glaube ich, kannst du bei den Schwestern ein Handy kaufen."

Meg blieb abrupt stehen und drehte sich zu ihm. Ihre Arme waren weit ausgebreitet und ihre Handflächen zeigten nach oben. „Haben sie echte Namen?"

Adam verschluckte ein tiefes Lachen, wobei die Luft wie bei einem Blasebalg aus seinen Mundwinkeln entwich. „Tante Eileen kennt die Antwort vermutlich. Aber solange ich denken kann, haben alle immer nur Sissy und Sister zu ihnen gesagt."

„Noch andere Geschwister?" Meg bewegte sich wieder.

„Nein. Nur die beiden." Als sie fast an der Hintertür waren, zog er sein Telefon aus der Tasche.

„Du kannst gerne zuhause anrufen, wenn du möchtest."

Auf den Lippen herumkauend starrte Meg das Handy so lange an, dass er sich fragte, was mit ihr los war.

„Gibt es ein Problem?", fragte er, besorgt sie zu sehr zu drängen und die Nähe, die sie in der Scheune aufgebaut hatten, zu zerstören.

„Nein. Nein. Danke." Zaghaft nahmen ihre Finger das Telefon.

Er sah, wie sie die Rufnummerunterdrückung aktivierte und dann wählte. Sie wollte also nicht, dass ihre Familie, oder wen auch immer sie anrief, seine Telefonnummer sah. Er würde D.J. bitten müssen, noch etwas tiefer in Megs Leben zu graben. Es war eine Sache, sich nicht mit dem Mann auseinandersetzen zu wollen, den sie nicht geheiratet hatte. Und es war auch nicht wirklich seltsam, dass sie Abstand von besagtem Mann brauchte – aber der Familie aus dem Weg gehen? Er konnte sich nicht vorstellen, seinen Dad oder seine Brüder nicht zu kontaktieren, wenn er in Schwierigkeiten war.

Meg machte ein paar Schritte zur Seite, hielt das Handy an ein Ohr und steckte einen Finger in ihr anderes. Er war hin- und hergerissen, ihr die Privatsphäre zu geben, die sie offensichtlich wollte, und Informationen über diese einzigartige Frau zu ergattern. Ihre Schultern waren wie ein Schutzwall nach oben gewandert und er wusste, dass sie, ob sie es nun wollte oder nicht, mit jemandem zuhause sprach.

„Mom, ich bin es. Ich habe nur eine Minute. Ich will, dass du weißt, dass alles gut ist. Mir geht es gut. Bitte sucht nicht nach mir. Sag Dad, er soll die Truppen nicht losschicken. Ich brauche nur etwas Zeit. Ich liebe euch.“

Meg legte so schnell auf, wie sie konnte. Nicht, dass jemand den Anruf verfolgen würde, aber sie wusste nicht, wie das funktionierte und sie wollte einfach nicht gefunden werden. Noch nicht. Sie richtete sich wieder auf und drehte sich zu Adam um. Der Mann war einfach zu gutaussehend.

Verdammt, alle drei Brüder kamen aus demselben Guss. Dunkles welliges Haar, verträumte Augen und kantige Kinne, alles verpackt in hochgewachsene, muskulöse Körper. Bei den Farradays gab es keine Schwächlinge. Selbst der Vater – der einzige Unterschied zwischen Sean Farraday und seinen Söhnen waren ein paar verstreute graue Haare und Falten in den Augenwinkeln. Ein Mann, der harte Arbeit in der freien Natur verrichtet hatte und allen Widrigkeiten, die das Leben ihm präsentiert hatte, ins Gesicht gelacht hatte.

Aber es war Adams Lächeln, das ihr Schmetterlinge im Bauch verursachte, ihre Handflächen feucht werden und ein erwartungsvolles Prickeln ihre Wirbelsäule entlanglaufen ließ. Sie musste sich fangen und sich wieder auf ihre Situation konzentrieren. Eher früher als später würde sie nach Dallas zurückkehren und Adam Farraday würde nichts weiter als eine Erinnerung sein. Eine sehr lebhafte Erinnerung. Wieder auf den Pfad zurückkehrend streckte sie den Arm aus und reichte ihm sein Telefon.

„Hast du jemanden erreicht?“ Adam steckte das Handy wieder in seine Tasche und drehte sich in Richtung Haus. Zusammen gingen sie weiter.

„Anrufbeantworter.“ Sie wusste genau, dass ihre Mutter keinen Anruf annehmen würde, wenn sie die Nummer nicht kannte. Und ein Anruf mit unterdrückter Rufnummer wurde sofort ignoriert.

„Ich habe eine Nachricht hinterlassen. Ich werde morgen nach der Arbeit zu den Schwestern gehen. Mir ein neues Handy besorgen."

Die zwei Damen schienen alles zu haben, was sich ein Bewohner der Stadt wünschen konnte. Falls Adam sich bezüglich der Handys irrte, könnte sie es immer noch im Baumarkt versuchen. Vorausgesetzt die Krimiserien im Fernsehen verbreiteten keine Falschinformationen, so konnten diese Prepaid-Handys fast unmöglich nachverfolgt werden. Und diese Möglichkeit hörte sich gerade gut für sie an.

„Hey, Dad." Adam folgte Meg in die Küche. „Wo ist Brooks?"

Bevor Sean Farraday antworten konnte, kam Tante Eileen mit einem Satz Spielkarten aus dem Flur herein. „Es sieht so aus, als hätten wir einen weiteren Spieler verloren. Der Jüngste der Chapmans fiel von einem Baum. Sie denken, er hat sich den Arm gebrochen. Brooks fährt gerade zu ihnen."

„Er macht Hausbesuche?" Guter Gott, in diesem Ort war es wirklich so, als hätte man eine Zeitreise gemacht.

„Er fährt in die Stadt", führte Adam aus. „Wenn es etwas ist, was Brooks ohne Röntgenaufnahme machen kann, spart er allen eine lange Fahrt. Andernfalls müssten sie ins Krankenhaus nach Butler Springs für eine Röntgenaufnahme und einen Gips.

„Das ist weit für einen gebrochenen Arm."

„Irgendwann wird er eine Ausstattung wie Adam haben, alles unter einem Dach, was die Stadt braucht. Aber aktuell gibt es hier mehr Tiere als Menschen."

„Wie groß ist Tuckers Bluff eigentlich?"

„Wir haben über fünfhundert Familien. Mehr als dreitausend Menschen. Und wir haben die Schule."

„*Die* Schule?"

Eileen hob stolz ihr Kinn. „Tucker Independent

School District. Alles von der Vorschule bis zur Zwölften Klasse für Tuckers Bluff und zwei kleinere Gemeinden in der Nähe."

Adam lehnte sich zu ihr und flüsterte: „Ein Gebäude."

„Das habe ich gehört. Die neue High School wird nächsten Herbst fertig." Eileen durchbohrte ihren Neffen mit einem Blick von der Seite und drehte sich dann zu Meg. „Hast du Lust auf eine Runde Karten und etwas Kuchen?"

„Ich … ich weiß nicht." Meg konnte spüren, wie die Kalorien sich bereits an ihren Hüften häuslich einrichteten, als sie das hausgemachte Dessert nur ansah. „Ich muss morgen für meine Schicht wahnsinnig früh aufstehen."

„Ich habe ihn heute Nachmittag frisch gemacht", lockte Eileen.

„Eileens Blaubeerkuchen gewinnen auf dem Markt jedes Jahr den Hauptpreis. Die besten diesseits des Mississippis." So wie Sean Farraday strahlte, hätte man denken könne, er hätte sie gebacken.

„Vielleicht ein Stück und eine schnelle Runde", stimmte Meg zu, „bis Brooks wieder hier ist."

„Oh, er kommt nicht wieder her." Eileen legte die Karten neben dem Kuchen auf den Tisch. „Adam hier wird dich nach Hause fahren." Während sie ein Messer aus dem nahestehenden Buffet nahm, grinste sie ihren Neffen an. „Du hast doch nichts dagegen, oder? Da ihr beide eh in dieselbe Richtung müsst."

Adams Schultern verkrampften sich und sein unbeschwertes Lächeln wurde formeller, plastikartig. „Nein, Ma'am. Überhaupt nichts dagegen."

Wieso hatte Meg plötzlich den Eindruck, dass Adam Farraday lieber mit einem Skorpion gespielt hätte, als – erneut – mit ihr in die Stadt zu fahren?

KAPITEL NEUN

„Deine Tante sollte in Vegas spielen." Meg legte den Sicherheitsgurt an. „Hat sie überhaupt eine Runde verloren?"

„Wahrscheinlich nicht. Nur mein Dad spielt besser Karten als sie und es ist Jahre her, dass er einen großen Pot gewonnen hat."

„Es ist, als hätte sie gewusst, was für Karten er hatte."

„Das hat sie wahrscheinlich auch. Tante Eileen und der Rest des Tucker-Bluff-Ladys-Vereins spielen, solange ich zurückdenken kann, jeden Samstagmorgen im Café Karten."

„Ich habe sie gestern gesehen." Meg runzelte die Stirn. „Aber ein paar dieser Ladys wirkten gar nicht so alt."

„Nein. Die Gruppe verändert sich von Zeit zu Zeit. Sally May Henderson und Dorothy Wilson sind Gründungsmitglieder. Die beiden und meine Tante Eileen müssten tot sein, um ein Spiel zu verpassen. Nora Brown ist das jüngste offizielle Mitglied. Sie ist auch immer dabei."

Wie viele Frauen sind in dem Verein?"

„Schwer zu sagen. Leute kommen und gehen. In den letzten zehn Jahren ist das County eher gewachsen als geschrumpft. Aber der Verein ist nicht mehr so aktiv wie früher und es geht eher um die Geselligkeit. Als ich noch ein Kind war und die Mütter zuhause blieben, waren die Ladys aktiver. Damals organisierten sie viele Aktivitäten. Alles von Spendenaktionen für die Schule bis hin zu Treffen zum Nähen von Quilts. Immer wenn jemand ein neugeborenes Baby hatte gab es einen handgemachten Quilt." Adam erinnerte sich daran, wie aufgeregt seine Mutter gewesen war, als der Verein an Graces Quilt gearbeitet hatte. Nach sechs Jungs war seine Mutter aus dem Häuschen gewesen, als sie ein kleines Mädchen erwartete. Selbst nach all diesen Jahren schmerzte es ihn, an all die Dinge zu denken, die seine Mutter nicht erleben konnte.

„Geht es dir gut?" Meg bewegte sich in ihrem Sitz.

„Was?"

„Du bist so ruhig. Ernst."

„Sorry."

Sie lockerte ihren Sicherheitsgurt, drehte sich weiter und lehnte sich lächelnd gegen die Tür. „Einen Penny für deine Gedanken."

Adam starrte weiter auf den grauen Asphalt. Normalerweise hätte er die Unterhaltung von seiner Familie weggeführt, aber stattdessen erkannte er, dass er seine Geschichte teilen wollte.

„Der Quilt meiner Schwester Grace war der letzte, den der Verein als Gruppe machte. Meine Mutter bekam eine Infektion, die septisch wurde. Sie starb zehn Tage nach Graces Geburt."

„Das tut mir leid. Wie alt warst du?"

„Zwölf."

Mit fest zusammengepressten Lippen schwieg Meg einen Augenblick. „Lebt deine Tante Eileen deshalb auf der Ranch?"

Adam nickte. „Sie ist Moms Schwester. Sie kam eine Woche vor Graces Geburt und war seitdem jeden Tag für uns da."

„Ich weiß, dass wir erst einen Nachmittag zusammen verbracht haben, aber ich mag deine Tante. Jetzt denke ich, mag ich sie sogar noch mehr.“

„Ich kann mir nicht vorstellen, wie unsere Leben verlaufen wären, wenn sie nicht hier gewesen wäre. Grace wäre vermutlich Viehtreiberin geworden, wenn sie nur den Farraday-Männern überlassen worden wäre.“

„Na ja, wenn du darüber nachdenkst, wird sie es mit einem Juraabschluss in manchen Fällen auch mit einer Art Vieh zu tun haben.“

Ein lautes Lachen brach tief aus seinem Bauch heraus. Meg hatte genau das richtige gesagt, um ihn aus diesem melancholischen Augenblick herauszureißen. „Ich muss zugeben, ich freue mich schon auf den ersten Anwalt, der es mit meiner Schwester zu tun bekommt. Sie ist vielleicht das Küken der Familie, aber sie ist ein Feuerball.“

„Das muss das Irische sein.“ Megs Augen funkelten mit dem Verständnis einer verwandten Seele.

„Mit deinen roten Haaren weißt du das sicher. Erzähl mir von deinen Eltern. Stammen sie beide aus Irland?“

Meg schüttelte den Kopf. „Nur mein Vater. Ich habe die roten Haare und mein feuriges Temperament von ihm geerbt.“

„Du hast also Temperament?“

Ein rosiger Farbton zog auf ihre Wangen. „Wenn man mich reizt.“

Er widersetze sich dem Drang, auf seinem Sitz herumzurutschen, um etwas mehr Platz in seiner Jeans zu schaffen und fragte sich stattdessen, wie es sein würde, Meg O'Brien zu reizen.

Obwohl es noch nicht lange nach Sonnenuntergang

war, als sie am Café ankamen, waren alle Lichter aus und das Restaurant war offensichtlich geschlossen.

„Sonntag ist Abbies einziger freier Tag", erklärte Adam.

„Aber sie hatte heute morgen geöffnet."

Adam nickte und fuhr auf einen Parkplatz neben der Hintertür. „Einige Leute kommen nach der Kirche zum Essen vorbei. Nicht viele. Und ein paar kommen zum Frühstück und gehen danach in die Kirche. Aber ab dem frühen Nachmittag ist das Lokal leer und Abbie geht nach Hause."

Ein Nachmittag ist aber für niemanden viel Freizeit."

„Viele Leute hier würden dir zustimmen. Sie arbeitet sieben Tage die Woche vom Aufmachen bis zum Schließen, seit sie den Laden vor ein paar Jahren gekauft hat."

„Sie nimmt sich wahrscheinlich auch keinen Urlaub, oder?" Die Rädchen in Megs Kopf begannen sich zu drehen. Jeder brauchte eine Auszeit.

„Hat sie noch nie." Adam stieg aus und huschte auf Megs Seite, bevor sie herausklettern konnte. „Hier, lass mich dir helfen."

Genau dieselben Worte, die er auch gesagt hatte, als sie in ihrem Hochzeitskleid aus dem riesigen Auto ausgestiegen war. Aber damals war sie viel zu wütend auf Jonathan Cox gewesen, um die starken Hände zu bemerken, die sie an der Hüfte gepackt und sanft auf den Boden gestellt hatten. „Danke."

„Hast du dich schon eingerichtet? Brauchst du etwas?"

Mit den Resten, die Tante Eileen ihr ohne Widerworte zu akzeptieren eingepackt hatte, in den Händen schüttelte Meg den Kopf und kicherte. „Ich denke, deine Tante hat vergessen, dass ich über einem Restaurant wohne. Hier gibt es so viel essen, dass ich bis ins nächste Jahrhundert versorgt bin.“

Adams Lippen wölbten sich zu einem Lächeln, das ihren Magen Purzelbäume schlagen ließ. „Sie verköstigt gerne Leute. Aber ich meinte oben.“ Er deutete auf den ersten Stock des Gebäudes. „Ich weiß, dass es hauptsächlich als Lager dient. Ist es komfortabel genug?“

„Mehr als genug.“ Das Appartement war kein Vergleich zu der schönen Eigentumswohnung, die sie zurückgelassen hatte. Sie hatte Monate gebraucht, um die richtigen Stücke für jedes Zimmer zu finden. Am Ende hatte sie eine ausgefallene Mischung aus traditionell und modern. Die perfekte Kombination für ein junges Paar, das im Herzen der Stadt wohnte. Und doch nach nur ein paar Tagen auf dem Land, umgeben von Kühen und Pferden und gutaussehenden Männern mit Cowboyhüten, schien das Großstadtleben schnell seinen Reiz zu verlieren.

Jetzt, wo sie über die Eigentumswohnung nachdachte, realisierte sie, dass sie noch eines ergründen müsste – wessen Name und wessen Geld waren benutzt worden, um dieses zentral gelegene Loft zu kaufen. Jedes Mal, wenn sie daran dachte, was Jonathan gemacht hatte und was das für sie und ihre Familie bedeuten könnte, verkrampfte sich ihr Kiefer so sehr, dass ihre Backenzähne zerbrechen konnten.

„Bist du in Ordnung?“ Adam lehnte sich vor, die Füße leicht gespreizt, die rechte Hand genau zwischen ihnen. Er wirkte bereit Notfallmaßnahmen einzuleiten, sollte sich Schaum vor ihrem Mund bilden oder eine Arterie platzen.

Beides war möglich, wenn sie sich weiter auf dieses Arschloch von Ex-Verlobtem konzentrierte. „Sorry. Ich habe nur gerade daran gedacht, den Müll rauszubringen.“

„Verstehe.“ Adam trat zurück. „Sag Bescheid,

wenn du Hilfe bei etwas Schwerem brauchst."

Das Bild von Adam, der einen selbstverliebten Jonathan Cox wie eine Langhantel über dem Kopf hielt, tauchte so deutlich vor Megs innerem Auge auf wie der Mann vor ihr, der mit jedem Gedanken verwirrter aussah. Sie verkniff sich ein Grinsen. „Das werde ich. Versprochen."

Offensichtlich zufriedengestellt nickte Adam. „Ich bringe dich noch hoch. Es ist zwar noch früh, aber ich wette du bist schon bereit fürs Bett ..." Die großen blauen Augen des Mannes weiteten sich verlegen. „Ich meine –"

Meg hob die Hand. Dieses Mal zeigte sie ihr Lächeln. „Ich weiß, was du gemeint hast. Und mich die Treppe hinaufzubringen ist nicht nötig."

„Sag das meinem Vater oder Tante Eileen." Ihr Protestieren komplett ignorierend, legte er seine Hand auf ihren Rücken und führte sie.

Durch die Stoffschichten konnte sie den warmen Druck seiner Hand spüren. Sie musste sich zwingen weiterzugehen und sich nicht in seine starken Armen fallen zu lassen. Plötzlich fühlte es sich wie eine unbezwingbare Aufgabe an, auf ihren eigenen zwei Beinen zu stehen. Aber sich an Adam Farraday anzulehnen stand völlig außer Frage. Egal wie viele Funken in ihr knisterten, wenn er in der Nähe war. Sie würde nie wieder einem Mann trauen. Nie wieder.

Oben angekommen benutzte sie den Schlüssel, den Abbie ihr gegeben hatte, um die Tür zu öffnen. „Danke fürs Mitnehmen."

„War mir ein Vergnügen." Er machte keine Anstalten, sich zu bewegen. Für einen Sekundenbruchteil fragte sie sich, ob er auf eine Einladung hinein wartete. Doch an der Art, wie er seinen Hut antippte, erkannte sie, dass er lediglich darauf wartete, dass sie hineinging und die Tür schloss.

Gute Manieren vom Lande. Daran könnte sie sich wirklich gewöhnen. Ihn anlächelnd schloss sie langsam die Tür, da sie nicht wirklich eine hölzerne Barriere zwischen ihnen beiden wollte. Als das Schloss zufiel, bahnte sie sich ihren Weg durch ein Labyrinth aus Schachteln und Möbeln zum Fenster, wo sie innehielt und darauf wartete, dass der Motor des großen Pickup-Trucks startete und die Scheinwerfer angingen. Ihr Blick verweilte auf dem weißen Fahrzeug, als er zurückstieß und vom Parkplatz des Cafés fuhr, dann die Straße überquerte und in seine eigene Auffahrt einbog. Sich einredend, dass sie lediglich aufpasste, dass er ebenfalls sicher nach Hause kam, hielt sie ihren Blick auf die Klinik gerichtet.

Hundemüde und doch hellwach schleppte Adam seinen Hintern die Treppe der Klinik zu seinen Privaträumen hinauf. Die Fahrt nach Hause war angenehmer und unbeschwerter gewesen, als er angenommen hatte. Anfangs hatte Meg angespannt, nervös, fast verängstigt gewirkt. Er hatte sich zur Aufgabe gemacht, die brennenden Fragen zu vermeiden: Woher kam sie, warum war sie mitten in der Nacht wie ein Engel vor ihm aufgetaucht und warum ließ sie sich in einer Kleinstadt nieder, anstatt nach Hause in die Großstadt zu eilen? Bis sie in der Stadt ankamen, lächelte und plauderte sie mit ihm, als wären sie schon ihr ganzes Leben lang Nachbarn gewesen.

Irgendwo auf der Fahrt hatten sie über ihre Lieblingsfarben gesprochen: Megs war blau. Lieblingsessen? Meg stand auf alles, was nach Kürbis schmeckte. Besonders, wenn es etwas mit Vanilleeis war. Aber er hatte nichts wirklich Aufschlussreiches über diese Frau erfahren, die scheinbar aus dem Nichts in seiner Welt aufgetaucht war. Keine Hinweise auf die Gründe für das Hochzeitskleid oder warum sie sich auf dieser abgelegenen Straße mitten im Nichts befunden hatte. Diese kurze Zeit allein mit ihr hatten seine Zweifel, dass sie sich vor irgendjemandem oder irgendetwas versteckte, nicht beseitigt. Jede Minute mit dieser umwerfenden Rothaarigen hatte ihn nur noch neugieriger werden lassen. Unglaublich neugierig.

KAPITEL ZEHN

Montagnachmittag hatte Meg ein Prepaid-Handy gekauft und war dann viel zu lange wach geblieben, weil sie die Zeit im Internet verbracht hatte. Die gemeinsamen Konten von ihr und Jonathan zu deaktivieren, hatte sich als herausfordernder herausgestellt als sie angenommen hatte. Die meisten Passwörter waren geändert worden und die, bei denen das nicht der Fall gewesen war, zeigten ein schlechtes Bild ihrer finanziellen Situation.

Sie verstand nicht, warum bis auf ein einziges Konto alle von ihrem Ex leergesaugt worden waren. Seit Kindertagen war dieses Konto auf ihren und den Namen ihres Vaters gelaufen. Vermutlich war das der Grund, weshalb es vor Jonathans gierigen Fingern geschützt gewesen war. Trotzdem fragte sie sich, wenn Jonathan ihre Kreditkarte für all seine überschwänglichen Ausgaben benutzt hatte, was zum Teufel hatte er dann mit dem Rest ihrer Ersparnisse gemacht? Mehr als einmal hatte sie sich nach einer echten Tastatur, einem Monitor und einem Drucker gesehnt.

Ihre Finanzen wieder zu entwirren, war aber nur *ein* Teil ihrer misslichen Lage. Sie musste im Auge behalten, was zuhause passierte. Hoffentlich würde sie herausfinden können, wann es sicher war, zurückzukehren. Da sie erst noch einen Weg finden musste, auf ihr einziges gedecktes Bankkonto zuzugreifen, ohne ihre Familie über ihren Aufenthaltsort zu informieren, würde sie sich vorerst weiter auf ihre Einnahmen als Kellnerin verlassen müssen, um die astronomische Werkstattrechnung zu begleichen, die vor ihr lag.

Eileen Callahan schwebte winkend durch die Tür des Cafés. „Du siehst bildhübsch aus."

„Danke. Bist du wegen eines späten Frühstücks hier?"

„Oh, nein. Es ist Dienstag."

Meg nickte. Wenn gestern Montag war, dann war heute wirklich Dienstag.

„Der Rest der Mädels sollte jede Minute hier eintreffen. Ich nehme eine Tasse Kaffee und ein Stück von Franks Apfelkuchen, während ich warte." Eileen schüttelte ihre Jacke aus und schlenderte zu dem Tisch, an dem sie auch gesessen war, als Meg letzte Woche in der Stadt eingetroffen war.

Hinter dem Tresen winkte Abbie der Matriarchin der Farradays zu. „Willst du heute ein Stück von Franks Kuchen?"

„Habe ich bereits bei Meg bestellt." Eileen zeigte mit dem Daumen auf sie. „Eine tolle Kellnerin hast du hier, Abbie. Ich hoffe, du weißt das."

Abbie lachte die ältere Frau an. „Wenn nicht, wäre ich dumm wie Kuhmist."

Die beiden Frauen lachten noch mehr und trotz der unschönen Analogie lächelte auch Meg. In einem Balanceakt trug Meg den Kuchen und die Tasse in der einen und eine Kanne zum Nachfüllen des Morgengebräus der anderen Gäste zu Eileen. Ein unverhältnismäßiges Erfolgserlebnis, weil sie es bis zu

Eileen geschafft hatte, ohne das Geschirr auf dem Boden zu verteilen, ließ sie grinsen.

„Tut mir leid, dass ich zu spät bin." Eine kleine ältere Frau mit lockigem braunem Haar und federndem Schritt gesellte sich zu Eileen. „Habe noch in der Klinik Halt gemacht. Irgendwann wird Becky noch lernen, ihre Hosen selbst einzusäumen."

„Immerhin hast du eine Enkelin, die dich braucht." Eileen grub ihre Gabel in den frisch-gebackenen Kuchen.

„Ja, ähm, vermutlich", stimmte die ältere Frau widerwillig zu.

Meg war etwas abwesend gewesen, als die Frauen am Samstag Karten gespielt hatten. Sie konnte sich nicht an den Namen dieser Frau erinnern. „Was darf ich Ihnen heute Morgen bringen?"

„Ich hätte gerne ein Stück von dem Kuchen. Apfel ist Franks bester."

„Noch ein Kuchen, kommt sofort." Meg steckte den Notizblock in ihre Schürze und machte kehrt. Bis sie das zweite Stück serviert hatte, herrschte schon reges Treiben am Tisch und Karten wurden gemischt. Anscheinend bestand die allwöchentliche Samstag-morgen-Poker-Runde auch aus einer gelegentlichen Werktagsrunde. Obwohl Meg vermutete, dass eine neue Kellnerin in der Stadt vielleicht ein Grund für speziell dieses Dienstagmorgenspiel war.

Ein paar Stunden später, als Adam durch die Tür kam, gab Meg Vollgas, um mit den Bestellungen mitzuhalten. Er blickte sich um und es erwärmte Megs Herz zu sehen, dass sein Lächeln breiter wurde, als er seine Tante entdeckte. Dem Haufen Chips vor Eileen Callahan nach zu urteilen, hatte die Frau eine Glückssträhne. Trotzdem mussten sich ihre Mutterinstinkte gemeldet haben, da Eileen Adams Lächeln erwiderte, als sie ihn sah.

Adams Aufmerksamkeit wanderte von seiner Tante zu Meg, die gerade den Tresen abwischte, und er schenkte ihr ein einnehmendes Lächeln. Ihr stockte fast der Atem. Sicherlich war dieses Lächeln irgendwo als tödliche Waffe registriert. Vermutlich zog sich ein Pfad gebrochener Herzen durch die Stadt. Sie konnte die plötzliche Hitze spüren, die durch ihre Adern schoss.

Ein Bein über den Hocker vor ihr schwingend setzte sich Adam an den Tresen und nahm sich eine Speisekarte. Meg war sich nicht sicher warum. Jeder, der hierher kam, schien alle Gerichte auf der Karte auswendig zu kennen.

„Bist du heute allein hier?" Warum fragte sie das? Mit wem er zu Mittag aß, ging sie nichts an.

„Ich habe nur schnell Zeit, um das Essen fürs Büro abzuholen."

„Oh, ich schaue nach, ob es schon fertig ist." Sie drehte sich gerade in Richtung Küche, als seine Hand nach oben schoss, um sie aufzuhalten.

„Nicht nötig. Ich habe die Bestellung noch nicht aufgegeben."

„Oh." Sie nickte. „Gut, sag mir, was ich dir bringen kann und ich sage Frank, dass er sich beeilen soll."

Er setzte wieder dieses Hochspannungsgrinsen auf und sie musste sich in die Wange beißen, um ihn nicht anzustrahlen. Danach nahm sie seine Bestellung auf und servierte ihm einen Eistee, während er auf das Essen wartete. Meg tat ihr Bestes, ihre Arbeit so zu verrichten, als wäre er nicht hier. Doch wie konnte sie … wie konnte irgendjemand einen Mann wie Adam Farraday und die Dinge, die sein Lächeln mit ihr machte, ignorieren?

„Wie machst du dich so?", fragte er, als sie wieder hinter den Tresen kam, um eine neue Kanne Kaffee aufzusetzen.

„Nicht schlecht."

„Du scheinst den Dreh rauszuhaben."

Sie füllte eine Packung Kaffeepulver in die Maschine und drehte sich ganz zu ihm um. „Das Schwierigste ist, sich die ganzen Namen zu merken. Es gibt keinen Menschen hier, den Abbie nicht kennt."

„Sie lebt schon länger in Tuckers Bluff als du." Adam zuckte mit den Achseln.

„Ich weiß, aber trotzdem …"

„Vielleicht kann ich helfen." Er stellte sein Getränk ab und winkte Meg mit dem Finger näher. „Von wem kennst du den Namen noch nicht?"

„Nun …" Sie biss sich auf die Lippe und blickte sich um. Die Tische wurden leerer und sie hatte schon ein paar Namen gelernt. „Die Frau, die mit deiner Tante Karten spielt. Die mit den lockigen braunen Haaren?"

„Dorothy Wilson. Ihre Enkelin Becky arbeitet für mich."

Meg nickte. „Und die Frau neben ihr ist Nora, richtig?"

Erneut lächelnd nickte Adam. „Stimmt."

„Sie mag ihren Tee mit Süßstoff."

„Siehst du? Du machst das toll. Auch wenn ich nicht die geringste Ahnung habe, was sie gerne trinkt."

Dieses Mal erwiderte sie sein Grinsen. Eine Sache, die sie in den Hotels, in denen sie gearbeitet hatte, immer hervorgehoben hatte, war ihre Fähigkeit, sich Namen zu merken. Sowohl die ihrer Angestellten als auch die der Gäste. Nur normalerweise nicht so viele gleichzeitig. „Danke. Ich gebe mein Bestes."

Die Glocke in der Küche klingelte und Meg wusste, dass dies Adams Bestellung sein musste. Obwohl sie sich gewünscht hätte, dass sein Besuch länger dauern würde, drückte sie sich vom Tresen weg und eilte nach hinten, um die volle Papiertüte zu holen.

„Hast du das, Liebes?" Abbie blickte auf, während

sie gerade die Bestellungen eines Tisches voll junger Mädchen aufnahm.

„Kein Problem." Meg hatte heute Morgen schon ein paarmal mit der Kasse gearbeitet und es war ziemlich einfach.

Adam folgte ihr zum Ende des Tresens. Es dauerte nur ein paar Sekunden alle Gereichte einzutippen, während er seine Geldbörse aus der Gesäßtasche holte. Sie versuchte, nicht zu starren, aber es war schwierig, den guten Sitz seiner Jeans nicht zu bemerken. In Dallas hätte sie vermutet, dass dies der Körper eines Mannes war, der regelmäßig im Fitnessstudio trainierte. Aber hier hatte sie das Gefühl, dass die durchtrainierten Muskeln von bloßer harter Arbeit kamen.

„Bitte sehr." Ein paar Banknoten in der Hand steckte er die Hand aus. Die kaum wahrnehmbare Berührung, als sie das Geld von seiner Handfläche nahm, reichte aus, um ihr wieder dieses Kitzeln zu bescheren, das sie schon beim Abendessen verspürt hatte. So wie sich seine Augen kurz weiteten, war sie sich sicher, dass er dasselbe Pricken verspürt hatte.

Hitze stieg in ihre Wangen und sie presste sich fast die Hände ins Gesicht, um sich irgendwie abzukühlen. Nachdem sie das Geld in die Kasse gelegt hatte, schob sie Adam die Tüte hin. „Ich hoffe, es schmeckt allen."

„Das wird es." Er setzte seinen Hut auf, berührte die Krempe mit einer Hand und nickte ihr zu. „Vielen Dank nochmal."

Sie folgte ihm mit den Augen nach draußen. Als er über die Straße ging, realisierte sie, dass sie starrte. Tief einatmend wandte sie ihre Aufmerksamkeit wieder der Kaffeekanne zu. Sie hatte andere Dinge zu tun als Tagträume von einem gutaussehenden Cowboy zu haben, wie etwa, nach der Gruppe Teenager zu sehen. Um nicht mehr an Adam Farraday zu denken, drehte sie mit dem frischen Kaffee ihre Runde, angefangen mit dem Pokertisch.

Die Damen an dem Tisch wurden überraschend still, als Meg sich näherte. „Möchte noch jemand Kaffee? Nora, noch Tee?"

Mehrere Köpfe wippten auf und ab. Eileen war die erste, die sprach. „Ich habe gesehen, Adam ist vorbeigekommen und hat Mittagessen für die Klinik geholt."

Das war ziemlich offensichtlich. Meg nickte.

„Ziemlich ungewöhnlich." Dorothy nahm eine Handvoll Pokerchips. „Ich gehe mit und erhöhe um fünf."

„Ich bin raus." Nora legte ihre Karten auf den Tisch. „Ich dachte immer zwischen ihm und Becky würde etwas laufen. Ihr wisst schon, die beiden scheinen sich ständig zu necken. Ziemlich vertraut für Chef und Angestellte."

Versucht wieder durchs Fenster zu blicken und sich zu fragen, wie viel Wahrheit in Noras Aussage steckte, schenkte sie ihr als nächstes nach.

„Mach dich nicht lächerlich", fügte Eileen hinzu und warf ein paar Chips in den Pot. „Die ganze Stadt weiß, dass Becky in Ethan verliebt ist, seit sie laufen kann."

„Und dein Ethan muss immer noch lernen, was für ein guter Fang mein Mädchen ist." Dorothy deckte ihre Karten auf. „Ein Haus voller Damen."

Alle am Tisch stöhnten, während Meg die letzte Tasse befüllte und zum nächsten Tisch ging. Dieses Mal ließ sie ihren Blick durch das große Glasfenster schweifen und auf der Tierklinik gegenüber zur Ruhe kommen. Bei allem, mit dem sie sich schon herumschlagen musste, brauchte sie nicht auch noch einen sündhaft gutaussehenden Cowboy. Hatte sie ihre Lektion noch nicht gelernt? Das Letzte, was sie brauchte, war ein Mann. Besonders einen, der ihre Sinne verrücktspielen und ihren Atem stocken ließ. Nein, Adam Farraday war eine wirklich schlechte Idee.

KAPITEL ELF

„Wie läuft es mit ihr?" Auf einem Barhocker sitzend deutete Becky mit dem Kinn auf Meg.

Abbie füllte ihr fast leeres Glas Tee nach. „Gut. Sie lernt schnell."

„Sie scheint hierher zu passen." Seit sie Meg letzte Woche an ihrem ersten Tag herumhuschen sah, hatte Becky vorgehabt, sich richtig bei Meg vorzustellen, doch ein Tag war zum nächsten geworden und zum nächsten und so weiter. Bis jetzt. Da die Kellnerin sich als sehr gut darin erwiesen hatte, persönlichen Fragen auszuweichen und trotzdem freundlich zu bleiben, hatten sehr schnell alle möglichen Gerüchte die Runde gemacht. Laut Ned war sie vor fast zwei Wochen im Morgengrauen in einem Hochzeitskleid in seiner Werkstatt eingetroffen und hatte dieses beim Verlassen in den Müll geworfen. Alles danach war unklar.

Eine Fraktion bestand darauf, dass sie von ihrer High-School-Liebe vor dem Altar sitzengelassen wurde. Eine andere Gruppe schien zu denken, dass sie vor einem milliardenschweren Verlobten geflohen war, der ihr Großvater hätte sein können. Und wieder andere dachten, sie hätte die Zeremonie noch hinter sich gebracht und hätte in der Hochzeitsnacht kalte Füße bekommen und dass ihr neuer Ehemann nun in jeder größeren Stadt des Staates nach ihr sucht. Die letzte Vermutung hatte Becky zum Lachen gebracht. Als würde es so etwas wie eine jungfräuliche Braut in der Hochzeitsnacht geben.

„Überbackene Kartoffelpuffer und Pulled Pork." Hinter dem Tresen lächelte Meg den Koch Frank an und steckte die Bestellung zu den anderen. Mit der Leichtigkeit von jemandem, der schon Jahre in einem Café gearbeitet hatte, schnappte sie sich die Kaffeekanne und machte ihre Runde, wobei sie für jeden Gast ein paar nette Worte übrig hatte.

„Sie wirkt auf jeden Fall selbstsicherer als letzte Woche", stimmte Becky zu.

„Und hier war noch nie mehr los. Es waren sogar schon neugierige Leute aus den Nachbarstädten zum Mittagessen hier. Ich weiß nicht, wie lange sie bleibt, aber ich beschwere mich nicht." Ein paar Jungs, die Becky nicht kannte, winkten nach Abbie. „Ich muss los. Wie ich sagte, das Geschäft läuft."

„Hier bist du." Kelly, die Rezeptionistin der Klinik, stand neben Becky und blickte sich nach einem leeren Tisch um.

An den Tagen, an denen Adam Hausbesuche auf den Ranches machte, war in der Klinik nie viel zu tun, weshalb Kelly und sie sich entschlossen hatten, eine waschechte Investigation durchzuführen.

„Entschuldige, dass ich so lange gebraucht habe. Ich schwöre dir, Ms. Peabody braucht dringend einen Mann. Vielleicht wäre sie keine solche Hypochonderin bezüglich ihrer Haustiere, wenn sie etwas Anderes hätte, um sich zu beschäftigen."

„Das wird nie passieren." Becky nahm ihren Tee und folgte Kelly zu einem freien Tisch. „Selbst als Mr. Peabody noch lebte, schien alles, was Nadine plagte, auch eines ihrer Tiere heimzusuchen. Fast täglich mit ihr zu tun zu haben, gehörte genauso zum Leben wie Tod und Steuern."

„Trotzdem –"

„Guten Tag, Ladys." Meg tauchte mit zwei Speisekarten unter dem Arm neben dem Tisch auf. Nachdem sie gewartet hatte, bis die beiden es sich gemütlich gemacht hatten, servierte sie beiden Wasser und gab ihnen die Karten. „Das Tagesgericht ist heute Schmorbraten mit Karotten und schlanken Kartoffeln –"

„Schlanke Kartoffeln?", fragte Kelly. „Das ist neu."

Meg lachte. „Statt sie in Stücke zu schneiden hat Frank sie wie Steak-Pommes geschnitten und nennt sie jetzt schlanke Kartoffeln. Meine Vermutung ist, dass er suggerieren will, dass sie weniger Kalorien haben."

Die zwei Kolleginnen lachten, aber Kelly war diejenige, die sagte: „Schön wär's."

Mit Stift und Notizblock in der Hand blickte Meg als erstes zu Kelly. „Möchtest du noch etwas anderes zu trinken?"

„Nein." Sie seufzte. „Bis ich meine Geburtstagspfunde los bin, gibt es nur Wasser für mich."

„Geburtstagspfunde?" Meg runzelte die Stirn und Becky verdrehte die Augen.

„Ja." Kelly gab einen weiteren schweren Seufzer von sich. „Ich habe irgendwie fast den ganzen Kuchen allein gegessen. Und dazu noch die Cupcakes, die Abbie gemacht hat."

Kopfschüttelnd griff Becky nach der Speisekarte. „Ich würde töten für ein paar der Kurven, über die du dich so beschwerst."

Vorsichtig beäugte Meg Becky und wandte ihren prüfenden Blick dann Kelly zu. Die Rezeptionistin der Klinik hatte eine Haut wie aus Porzellan, ein Lächeln wie aus einer Zahnpastawerbung, große braune Augen mit langen Wimpern und eine kurvige Figur wie eine Gitarre, die echte Männer zum Sabbern bringen sollte.

Meg steckte sich den Stift hinters Ohr und zuckte

mit den Achseln. „Mich fragt zwar keiner, aber ich denke, dass ihr beide spinnt. Bin gleich wieder da."

„Siehst du?" Becky lehnte sich vor. „Du bist nicht fett."

„Wir sind nicht hier, um über mich zu reden." Kelly schob die Speisekarte beiseite. „Wir wollen doch etwas über *sie* herausfinden."

„Stimmt."

Zwei Minuten später tauchte Meg wieder auf, bereit die Bestellungen aufzunehmen.

„Also", fing Kelly an, „wie gefällt es dir hier, Meg?"

„Gut, danke. Abbie ist eine tolle Chefin." Mit dem Stift in der Hand lächelte sie. „Seid ihr bereit zu bestellen?"

„Einen gemischten Salat bitte." Kelly fuhr mit ihren Fragen fort, bevor Meg mit dem Schreiben fertig war. „Warst du schon immer Kellnerin?"

Meg gab nur ein sich nicht festlegendes Grunzen von sich und blickte von ihrem Notizblock auf. „Möchtest du gebratene Hähnchenbruststreifen dazu? Ein paar Proteine sorgen dafür, dass du dich nachmittags nicht so schnell hungrig fühlst."

„Gute Idee. Danke." Kelly warf Becky einen frustrierten Blick zu.

„Was ist mir dir?" Meg drehte sich zu Becky.

„Ich hätte gerne den Bacon Cheddar Cheeseburger und dazu Coleslaw und frittierte Zwiebelringe."

Meg kicherte. „Mädchen mit gesundem Hunger muss man einfach lieben."

„Den habe ich definitiv. Ach übrigens, ich heiße Becky und das ist Kelly."

„Freut mich euch kennenzulernen."

Megs Grinsen wurde etwas breiter und ihre Haltung etwas entspannter und Becky verspürte plötzlich einen Anflug von Schuld wegen ihrer

Neugier.

Meg steckte den Notizblick in ihre Tasche. „Ich gebe eure Bestellungen gleich weiter."

Nachdem sie ein paar Sekunden gewartet hatte, bis Meg die Küche erreicht hatte, seufzte Becky leise. „Ich denke, wir werden auch nicht mehr Glück mit unseren Fragen haben als der Rest der Stadt."

Kellys Blick wanderte zu Meg auf der anderen Seite des Cafés. „Sieht so aus."

Bis Kelly ihren Salat aufgegessen und Becky sich den Burger hineingeschaufelt hatte, waren die meisten Gäste bereist gegangen.

„Ich will nur nochmal sagen," – Kelly warf ihre Serviette auf den Tisch – „ich finde es verdammt unfair, dass du wie ein verhungernder kleiner Junge essen kannst und immer noch aussiehst wie eine Bohnenstange."

„Und da ist das Problem. Die Kirschen aus Nachbars Garten sind immer etwas süßer. Während du dich sehnst, Olive Oil im Spiegel zu sehen, würde ich es vorziehen, mit nichts assoziiert zu werden, was Männer an einen kleinen Jungen erinnert."

„Einen Mann? Oder Ethan Farraday?"

Becky hasste es, dass jeder in der Stadt, außer vielleicht die neue Kellnerin, wusste, dass sie sich in der ersten Klasse Hals über Kopf in Ethan Farraday verliebt hatte. „Ethan ist am anderen Ende der Welt. Vermutlich hat er in jedem Hafen ein Mädchen."

„Das ist die Navy. Er ist bei den Marines."

Becky verdrehte die Augen. „Darum geht es nicht. Ich bin nicht mehr in der Grundschule."

„Richtig."

Erneut tauchte Meg mit Stift und Notizblock auf. „Möchtet ihr noch Dessert?"

„Nein danke. Für mich nichts." Kelly klopfte auf ihren Bauch, als hätte sie mehr als nur einen Salat zu

Mittag gehabt.

„Eigentlich" – Becky drehte sich zu Meg – „ein paar von uns gehen jeden Monat oder so Freitagabends aus. Nichts Besonderes. Nur wir Mädels, vielleicht ein Film oder ein Abendessen. Wir würden uns freuen, wenn du uns begleitest."

„Manchmal fahren wir ins *Boot'N'Scoots* in Butler Springs", fügte Kelly hinzu.

„*Boot'N'Scoots*?", fragte Meg.

„Countrybar. Toller Ort, um zu tanzen", erklärte Becky. „Heute Abend besuchen wir nur Donna, leisten ihr Gesellschaft, solange sie Bettruhe braucht. Vielleicht ein wenig Kartenspielen oder einen Film ansehen."

„Oh." Megs Augen schossen zwischen den beiden hin und her. „Ich, ähm …" Ihr Blick wanderte zum Fenster hinaus, wieder hinüber zur Klinik. „Ihr arbeitet gegenüber, oder?"

„Ja. Du hast doch nichts gegen Tiere, oder?", fragte Becky mit neckendem Ton.

„Oh, nein. Nein. Überhaupt nicht. Ich denke, das wäre schön. Danke."

„Toll." Kelly schlug die Hände zusammen. „Hier ist Donnas Adresse. Es ist nicht weit. Du kannst laufen –"

„Oder ich nehme dich mit, wenn du magst", bot Becky an. „Aber ich fahre schon früher hin, um beim Herrichten zu helfen.

Meg nahm den Zettel, den Kelly ihr reichte, las ihn und steckte ihn dann gefaltet in ihre Tasche. „Ich bin sicher, ich finde hin."

„Gut", sagte Becky, „betrachte das als deine offizielle Begrüßung in Tuckers Bluff."

Meg lächelte, doch es war viel zu viel Besorgnis in ihren Augen zu sehen. Vielleicht lag die Fraktion, die glaubte, Meg hatte einen verrückten Ehemann, der ganz

Texas nach seiner davongelaufenen Braut absuchte, gar nicht so falsch.

Wow. Ein Abend mit den Mädels. Noch eine Überraschung des Kleinstadtlebens. Meg hatte erwartet, ignoriert zu werden oder etwas von Man-muss-hier-geboren-sein-um-akzeptiert-zu-werden-Einstellung der Anwohner abzubekommen. Stattdessen gaben sich scheinbar alle Mühe, dass sie sich hier wie zuhause fühlte. Willkommen. Mit zwei leeren Tellern in den Händen stand sie an dem leeren Tisch und blickte den beiden Kolleginnen auf ihrem Weg zurück in die Arbeit hinterher.

Sie hatte durch die Unterhaltungen am Pokertisch ein wenig über die beiden Mädchen erfahren. Becky Wilson arbeitet seit der High School in der Tierklinik und steht seit der Grundschule auf Ethan Farraday. Laut ihrer Großmutter musste Ethan blind sein, um nicht zu erkennen, dass die beste Freundin seiner Schwester der Fang fürs Leben war.

Kelly, eine Freundin von Grace Farraday und Beckys seit Kindertagen, hatte die Stadt verlassen, um die University of Texas zu besuchen und das Kleinstadtleben hinter sich zu lassen. In ihrem zweiten Jahr hatte ihr Vater einen Schlaganfall erlitten und sie war zurückgekommen, um für ihn zu sorgen. Seitdem war sie wieder hier. Wie Meg gehört hatte, hatte die Tierklinik keine Rezeptionistin gebraucht, aber Adam hatte die Stelle extra für Kelly geschaffen.

Scheinbar steckte etwas Wahrheit in dem Mythos, dass die Kleinstädter aufeinander aufpassten. Und in Megs Fall anscheinend auch auf Fremde.

„Shannons Jüngster hat Fieber bekommen." Abbie

nahm Meg das Geschirr ab. „Sie muss ihn von der Schule abholen und bei ihrer Mutter absetzen. Kannst du vielleicht etwas länger bleiben, bis sie kommt?"

„Sicher. Kein Problem" Meg gefiel es, etwas zu tun zu haben, außer das Internet nach neuen Informationen bezüglich Jonathan und ihrem Vater abzusuchen. Noch etwas Arbeit im Café, gefolgt von einem Abend mit den Mädels – fern vom Internet – war etwas Gutes.

„Danke." Abbie lächelte. „Ich würde es auch allein schaffen, aber ich garantiere dir, sobald das Schicksal erfährt, dass ich allein bin, hat ein Bus voller Touristen auf dem Weg nach Carlsbad direkt vor meiner Tür eine Panne und die grauhaarigen Damen bekommen ganz plötzlich Hunger."

Meg musste über den Gedanken, dass Abbie von einer Herde Frauen, die bei *Golden Girls* mitspielen könnten, überrannt wurde, lachen. „Freut mich, dass ich helfen kann."

Fast eine Stunde später waren alle Ketchup- und Senfflaschen, sowie die Zuckerspender für die Abendgäste nachgefüllt. Abbie hatte gerade eine frische Kanne Kaffee aufgesetzt. „Ich gehe schnell die morgige Karte mit Frank durch. Kannst du ein Auge auf den Tisch hinten werfen?"

„Kein Problem." Meg stellte die letzten Zucker-spender auf, als die Glocke über der Tür klingelte und einen weiteren Gast ankündigte. Es war schwierig, einen Farraday nicht zu erkennen. Besonders Adam. Die drei Brüder nahmen jeden Raum sofort ein, wenn sie die Schwelle überschritten.

Adam Farraday lächelt das Display seines Handys an. Als er endlich aufblickte, bemerkte er, dass Meg ihn beobachtete. „Abbie lässt dich heute auch die Abendschicht arbeiten?"

„Nein. Shannon verspätet sich ein wenig." Meg folgte ihm zu dem Tisch neben der Kasse. „Kann ich dir schon etwas zu trinken bringen?"

Mit einer lässigen Bewegung, die jeder Mann machte, wenn er das Café betrat, nahm Adam seinen Hut ab und hängte ihn an einen der Haken. Abgewetzte Jeans, ausgelatschte Stiefel und der erforderliche Cowboyhut gehörten in diesem Teil des Staates zu Standardausstattung.

„Kaffee wäre toll. Schwarz."

„Kommt sofort." Meg musste tief einatmen, um nicht zu rennen oder über ihre eigenen Füße zu stolpern. Es war nicht normal, dass die Luft in ihren Lungen ausblieb, wenn sie einen Mann erblickte. Egal wie gutaussehend die Farradays waren, Adam war einfach ein netter Kerl. Und sie hatte den Männern abgeschworen. Ein für alle Mal.

„Hey." Shannon huschte durch die Tür herein und eilte nach hinten. „Tut mir so leid, dass ich zu spät bin. Wo ist Abbie?"

„Mit Frank in der Küche."

„Gib mir fünf Minuten, um mich herzurichten und ich erlöse dich."

Meg lächelte, nickte und brachte einen schwarzen Kaffee an Tisch Nummer zwei.

Die Tasse klirrte, als sie sie abstellte und Adam hob immer noch lächelnd seinen Blick zu Meg. „Danke."

Sie hatte ihn am Sonntag beim Abendessen mehr als einmal lächeln sehen, aber dieses leichte Grinsen wirkte irgendwie strahlender. „Hast du dein Mädchen am Telefon?" Oh, Gott. Meg konnte nicht glauben, dass sie das gerade gefragt hatte. Durch solche Aussagen klang man wie ein eifersüchtiger Teenager.

„Nein." Adam kicherte. „Mein Bruder Ethan postet Bilder von sich und seinen Kumpels auf Instagram. Es ist schwierig zu wissen, dass er in Übersee und so nahe an Gefahrenherden ist, aber wenn solche lächerlichen

Bilder in meinem Newsfeed auftauchen ..." Adam hob sein Handy, damit sie nahezu ein Spiegelbild der drei Farraday-Brüder, die sie schon kennengelernt hatte, sehen konnte. Nur dass dieser sandblondes Haar hatte und mit zwei anderen Kerlen ein Selfie machte, auf dem sie die Gesichter vor Lachen verzogen.

„Da lacht das Herz." Sie kannte Ethan Farraday nicht einmal und doch fühlte sie sich erleichtert, zu sehen, dass die drei Soldaten herumalberten und Spaß hatten.

„Okay." Shannon kam aus dem Hinterzimmer zurück. „Bin bereit. Danke nochmal."

Auf der anderen Seite des Cafés drehte Shannon ihre Runde und kümmerte sich um die Gäste.

„Lust, mir auf eine Tasse Gesellschaft zu leisten?" Adam blickt zu ihr auf und seine Augen tanzten erfreut.

Im selben Augenblick schrie ihr Kopf *Gefahr, Will Robinson!* und ihr Kopf wackelte auf und ab und ihr Mund murmelte: „Gerne."

„Hier ist noch eines." Adam grinste weiter und hielt ihr das Handy hin. Sie musste zugeben, dass Ethan wie ein Student aussah, der auf einer Verbindungsparty den Spaß seines Lebens hatte. Aber sie vermutete, dass die Nahaufnahmen auch einen Grund hatten. Freunde und Familie, oder auch der Feind sollten am Hintergrund nicht erkennen können, wo die Soldaten stationiert waren. Für ein paar Minuten sollten so geliebte Menschen vergessen, dass ihre Söhne, Töchter oder Freunde in den unsichersten Winkeln der Welt in der Schusslinie standen.

Adam gab sein Bestes, das wilde Pochen seines

Herzens mit einem gewaltigen Lächeln und einer Litanei aus Fotos von Ethan zu überspielen. Er hatte nicht vorgehabt, Meg zu sich einzuladen; die Worte waren ihm einfach von den Lippen getaumelt. Ohne Vorwarnung. Ohne Vorbedacht. Das Einzige, was noch überraschender war als seine Einladung, war ihre schnelle Zusage. Nicht dass er je Probleme gehabt hatte, ein Mädchen zu bekommen, doch er hätte erwartete, dass dieses hier unter den aktuellen Umständen etwas scheuer gewesen wäre. Vielleicht hatte er zu viel Abstand gehalten. Vielleicht musste er sie nicht mit Samthandschuhen anfassen. Doch jetzt, wo sie ihm gegenübersaß, hatte er nicht die geringste Ahnung, wie er anfangen sollte. „Wie gefällt dir die Arbeit?"

„Besser als ich dachte. Aber meine Füße haben ein paar Tage gebraucht, um sich anzupassen."

„Hast du ein Handy bekommen?"

Meg nickte. „Ja. Das letzte. Wie es aussieht gehen Handys bei der Arbeit auf den Ölfeldern schnell kaputt. Anscheinend liegen wir näher an einigen der Ölfelder als Butler Springs. Sister sagt, sie gehen weg wie warme Semmeln."

„Stimmt, obwohl ich nicht weiß, wie lange die Verkaufsspitzen noch anhalten werden."

„Was meinst du?"

„Was rauf geht, geht auch wieder runter. Krisen kommen und gehen. Und die Leute denken, dass bald wieder eine Ölkrise kommt. Viele der Firmen haben bereits dicht gemacht. Ehefrauen, die zuhause bleiben konnten, müssen sich nun Arbeit suchen. Die Schwestern gibt es schon ewig. Sie wissen, wie man diese Dürreperioden übersteht, aber das tun nicht alle."

„Du denkst an deinen Bruder? Den, der im Ölgeschäft ist?"

Adam zuckte mit den Achseln. „Connor weiß

Bescheid. Er spart sich etwas zusammen, solange es läuft. Sein Herz gehört sowieso den Pferden.

„Du hast erwähnt, dass er das Land eures Nachbarn kaufen will."

„Manchmal sprach er von den östlichen Pferdezuchtgebieten. Virginia, Kentucky. Wo es genug Gras und zahlreiche gute Züchter gibt. Aber in den letzten paar Jahren wurde uns klar, dass Mr. Bennans Kinder kein Interesse haben, in West-Texas zu bleiben. Da kam Connor auf die Idee, die Ranch nebenan zu kaufen."

Schon seit Kindertagen drehte sich bei Connor alles um Pferde. Wenn ihr Vater und die anderen Zäune reparierten oder die Herde bewegten, verfolgte Connor immer die wilden Mustangs. Eine Zeit lang hatte die Familie geglaubt, dass sie zwei Tierärzte in der Familie haben würden. Doch ab Connors erstem Jahr an der High School war klar, dass es ihm mehr um die Zucht und das Training dieser vierbeinigen Schönheiten ging.

Aber das Vorhaben, von dem Connor träumte, erforderte mehr Kapital, als die Farraday-Ranch aufbringen konnte. Es war also keine Überraschung, dass der furchtlose Junge, der so fasziniert von den mächtigen und gefährlichen Mustangs war, auch einen gefährlichen Job auf Ölpattformen annehmen würde, um sich Geld zusammenzusparen.

„Er legt sich Geld beiseite und hoffentlich hat er genug gespart, bis Brannan bereit ist zu verkaufen. Aber genug von meinem Bruder. Was ist mir dir? Hast du Geschwister?"

Meg schüttelte den Kopf. „Einzelkind."

Irgendwie überraschte ihn das nicht. „Ich kann mir nicht vorstellen, wie es ist in einem Haus, ohne auch nur einen Bruder, der einen verrückt macht, aufzuwachsen."

„Ich weiß nicht. Auf mich wirkt ihr alle ziemlich

normal."

„*Jetzt* vielleicht." Er lachte. „Aber als Kinder hatten ich und meine Brüder mehr als nur einmal Glück, unseren nächsten Geburtstag zu erleben."

„Ich denke, ich hätte gerne zumindest einen Bruder gehabt."

„Du kannst einen von meinen haben."

Megan lachte, bis sie husten musste. „Sorry, aber daran hatte ich nicht gedacht."

Hey, ich habe sie schon erzogen. Ab jetzt wäre es einfach.

Der Klang von Megs Lachen war Balsam nach so einem langen Arbeitstag. Etwas, an das er sich definitiv gewöhnen könnte – falls sie blieb.

KAPITEL ZWÖLF

„Was kann ich euch bringen?" Shannon wandte Adam leicht den Rücken zu und zwinkerte Meg zu.

„Oh, ich bleibe nicht." Als wäre Meg nicht bereits das Gespräch der Stadt. Die Leute mussten nicht auch noch anfangen, Gerüchte über sie und Adam zu verbreiten. „Ich bin heute Abend bei Donna."

„Mit den Mädels?" Shannon ließ ihren Notizblick fallen und zeigte mit dem Stift auf Meg. „Sag ihr, dass wir sie hier unglaublich vermissen."

„Werde ich." Als sie eine Hand auf den Tisch legte, um sich hochzudrücken, war Meg überrascht, Adams starke Finger um ihr Handgelenk zu spüren.

„Du hast gesagt, du trinkst eine Tasse Kaffee mit mir. Ich habe dir bis jetzt nur die Zeit gestohlen, indem ich dir Fotos von meinem kleinen Bruder gezeigt habe. Bitte bleib noch kurz und mach eine Pause. Du musst erschöpft sein."

„Ich sollte wirklich –"

Shannon zwinkerte erneut und unterbrach sie. „Ich komme gleich mit Kaffee wieder."

„Danke, Shannon." Adams Finger lagen immer noch um Megs Handgelenk. „Wie kommst du zu Donna?"

„Ich denke, ich werde laufen."

„Nach dem ganzen Tag auf den Beinen? Warum lässt du mich dich nicht hinbringen?"

Diese Woche jeden Tag gearbeitet zu haben, hatte ihre Ausdauer gestärkt, aber der Gedanke, zu Donna zu fahren anstatt zu gehen, hatte einen gewissen Reiz.

„Ich verspreche, ich beiße nicht", fügte er hinzu.

„Darum geht es nicht. Ich will mich nur nicht aufdrängen."

„Tust du nicht. Außerdem habe ich Dad versprochen, heute auf die Ranch zu kommen. Donnas Haus liegt auf dem Weg."

„Wenn du sicher bist?"

„Ich bin mir sicher. Also, bleibst du noch auf eine Tasse Kaffee?"

„Ich hole ihn." Meg stand ganz auf und huschte hinter den Tresen, wo Shannon schon eine frische Kanne aufgesetzt hatte.

„Liebes", flüsterte Shannon fast, „wenn du dir einen Farraday angelst, musst du uns sagen, wie das funktioniert. Die Hälfte der Frauen in dieser Stadt, egal ob verheiratet oder ledig, würden sich verdammt gerne einen dieser Brüder schnappen.

„Nein, ich –"

Kopfschüttelnd hob Shannon die Hand. „Ich sage nur, dass kein Farraday seit der Schulzeit so viel Interesse an einer Frau in der Nähe gezeigt hat. Ich kenne deine Geschichte zwar nicht, aber ein Mädchen könnte es viel schlechter treffen als mit Adam Farraday."

Der Drang zu diskutieren kitzelte in ihrer Kehle, doch Meg wusste, dass es sinnlos war. „Danke. Ich nehme den Kaffee."

Shannon drehte sich um und Meg nahm einen langen beruhigenden Atemzug. Sie hatte es schon schlechter getroffen, aber sie suchte nicht nach etwas Besserem; das hier war nur eine Tasse Kaffee. Und nur um sicher zu gehen, dass sie es nicht vergaß, wiederholte sie ihr *Das ist nur eine Tasse Kaffee*-

Mantra auf dem ganzen Weg zurück zum Tisch. „Bitte sehr."

„Danke. Ich hatte vermutlich schon eine ganze Gallone von dem Zeug, aber jede Tasse hilft trotzdem."

„Harter Tag?"

„Nicht wirklich. Ziemliche Routine, aber ich bin seit sechs Uhr früh auf der Straße. Es kommen ganz schön viele Meilen zusammen von Ranch zu Ranch. Aber es ist einfach nicht praktisch, große Tiere für eine Impfung oder wegen einer Entzündung am Fuß in die Stadt zu bringen.

„Nein. Vermutlich nicht." Meg nahm einen tiefen Schluck des warmen Getränks. Sie hatte seit dem Frühstück nichts gegessen und ihr Magen protestierte. Laut.

Adam runzelte die Stirn. „Wann hast du das letzte Mal etwas gegessen?"

„Heute Morgen einen Muffin."

„Ich will ja keine Ratschläge erteilen, aber laut Expertenmeinung ist ein Muffin kein Ersatz für eine richtige Mahlzeit."

„Ich werde etwas essen, wenn ich Zuhause bin." *Zuhause.* Das Wort überraschte sie. Nicht ihr Zimmer. Nicht das Apartment. Zuhause. Sah sie das Labyrinth aus Schachteln oben als Zuhause an?

„Versprochen?"

„Versprochen."

Adam ließ sich Zeit. Er schien seine nächsten Worte wie einen Schluck Kaffee im Mund zu behalten. „Willst du mir erzählen, wie du im Morgengrauen außerhalb von Tuckers Bluff gelandet bist?"

Sie wusste, sie würde früher oder später aufhören müssen, dieser Frage auszuweichen. „Meine Hochzeit wurde … abgesagt."

„Abgesagt?"

„Sagen wir einfach, ich habe herausgefunden, was

für ein hinterhältiger Arsch mein Verlobter ist, bevor es zu spät war."

Adam antwortete nicht. Kein Wort, kein Nicken, nicht einmal ein Blinzeln.

„Ich musste den Kopf freibekommen, also bin ich ins Auto gestiegen und losgefahren. Auf die Mautstraße, dann auf die I-30, bis sie zur I-20 wurde und das nächste, was ich wusste war, dass ich mitten in der Nacht durch halb Texas gefahren war. Ich habe eine Abfahrt genommen in der Hoffnung eine Übernachtungsmöglichkeit zu finden. Offensichtlich sind nummerierte Straßen hier draußen keine Hauptverkehrswege."

Dieses Mal lächelte Adam und schüttelte den Kopf.

„Also fuhr ich weiter, da die Straße ja irgendwohin führen musste. Aber der Reifen hatte einen anderen Plan." Die Tasse an die Lippen hebend atmete sie das bekannte Aroma ein. „Hast du den Hund später noch gefunden?"

„Nein. Ich war zweimal da draußen. Einmal bei Tageslicht und nochmal, als es dunkel war. Kein Anzeichen eines verletzten Tieres."

Es ergibt keinen Sinn, dass mitten im Nirgendwo ein Hund einfach so auftauchen und wieder verschwinden konnte. „Ich verstehe es nicht. Ich weiß, was ich gesehen habe."

„Viele Dinge im Leben ergeben keinen Sinn." Adem stellte seine Tasse zurück auf die Untertasse und blickte ihr in die Augen. „Weißt du schon, wie lange du hier bei uns bleiben wirst?"

Irgendwie schien *Keinen Peil* eine angemessene Antwort zu sein. „Zumindest bis ich die Reparatur meines Wagens bezahlen kann." *Und ich weiß, dass es sicher für mich ist, nach Dallas zurückzukehren.*

„Was mich daran erinnert, warum hast du gesagt, dass der Wagen nicht dir gehört?"

„Wortklauberei.“

„Entschuldigung?“

„Ich wollte den Wagen nie. Ich stehe eher auf Praktisches, wie SUVs. Jonathan hat ihn für mich gekauft, aber bis zum Hochzeitstag hatte ich ihn noch nie gefahren.“

„Ah. Etwa wie die Ehefrau, die einen Staubsauger als Geburtstagsgeschenk bekommt.“

„Wohl eher eine neue Bohrmaschine.“

Adam lachte, es war ein tiefes Rumoren aus seiner Kehle, das sie ansteckte. Selbst nach dem Schlamassel, in das ihr Ex sie gebracht hatte. Auf ihrem Handy klingelte einen Nachrichtenticker und sie stellte ihre Tasse ab, um es aus der Tasche zu holen. *Jonathan Cox auf eine Million Dollar Kaution entlassen.*

„Oh. Mein. Gott.“

„Was?“ Becky ließ Ei und Messer fallen, bereit über den Tisch zu hechten, falls Donna Problem hatte.

„Sie dir das an.“ Donna zeigte auf ihren Laptopbildschirm.

„Etwas schlecht zu erkennen von hier aus.“ Nächstes Mal, wenn sie sich freiwillig meldete, Vorspeisen für den Mädelsabend zu machen, würde sie eingefrorene Quiches mitbringen. Mit einer schwangeren Frau auf dem Sofa gefüllte Eier zuzubereiten, während diese alle zwei Minuten nach ihr rief, war kein guter Plan.

„Dann komm rüber.“

„Kann das nicht warten?“

„Nein.“ Donna schnaubte.

„Okay.“ Mit der Schüssel unter dem Arm, schnappte Becky sich eine Gabel und entschied sich, dass sie das gekochte Eigelb in jedem Raum des Hauses zermanschen konnte. „Was ist so verdammt wichtig?"

„Das hier ist auf meinem Startbildschirm aufgetaucht."

Als Becky sich auf die Ecke des Sofas setzte, grübelte sie, ob sie wegen der fünfundsiebzigjährigen Frau, die wie fünfunddreißig aussah, den Vorher-Nachher-Fotos von Frauen, die Dr. Oz' neueste In-Diät ausprobiert hatten oder den zwei Nahrungsmitteln, die man nie essen sollte, herübergerufen worden war. „Ich verstehe es nicht."

„Hast du gelesen, was da steht?"

„Keine Bananen essen?"

„Nicht das." Donna klopfte mit dem Finger auf die Mitte des Bildschirms. „Das hier. Den Artikel über Jonathan J. Cox."

„Warum sollte mich irgendein auf Kaution entlassener Betrüger interessieren?"

„Dieser Betrüger wurde an seinem Hochzeitstag festgenommen."

„Ja. Und?" Becky zerdrückte die Eier, während sie den Artikel überflog.

„Schau auf den Namen der Braut."

Becky las etwas schneller und dann fand sie ihn. *Heilige Scheiße.* „Denkst du, dass unsere Meg diese Margaret Colleen O'Brien ist?"

„Klingt schwer danach. Ich meine, wie viele Frauen mit dem Nachnamen O'Brien wollten vor zwei Wochen heiraten und sind in ihrem Hochzeitskleid spurlos verschwunden?"

„Steht das da?" Becky lehnte sich näher.

„Spring zum Ende."

Ihre Hände wurden regungslos und Becky richtete sich auf. „Hier steht auch, dass ihr Verlobter wegen Investmentbetrugs in Millionenhöhe gesucht wird. Du denkst doch nicht, sie ist seine Komplizin? Eine Betrügerin?" Tuckers Bluff war nicht gerade das Nirvana, aber Becky gefiel der Gedanke nicht, dass eine Kriminelle die ganze Stadt dazu gebracht hatte, Mitleid mit ihr zu haben. Und alle hatten Meg schnell liebgewonnen. Nichts Ungewöhnliches für Kleinstädte. Aber war das nicht etwas, worin Trickbetrüger wirklich, wirklich gut waren?

„Warum würde sich jemand, der mehrere Millionen Dollar gestohlen hat, in Tuckers Bluff verstecken. Ich wäre schon lange auf dem Weg nach Argentinien."

„Stimmt." Vielleicht. Das war alles ein wenig zu seltsam. „Aber falls sie anfängt, über Altersvorsorge zu reden, rufe ich D.J. an."

Während er darauf wartete, dass Meg vom Umziehen herunterkam, trank Adam seine wohl hundertste Tasse Kaffee.

„Du nimmst besser noch etwas Festes zu dir, ansonsten brennt dir das noch ein Loch in den Magen." Abbie setzte ihm ein Stück Apfelkuchen vor und ließ sich auf dem Stuhl gegenüber von ihm nieder.

„Hey, warum setzt du dich nicht ein wenig zu mir?"

„Danke." Sie zwinkerte ihm zu. „Ich denke, das werde ich."

Tuckers Bluff hatte keine Bar. Dieser Teil des Countys war knochentrocken, aber wenn jemand lange genug an einem gewissen Getränk saß, kam Abbie mit einem offenen Ohr vorbei.

„Es ist lieb, dass Becky und die Mädchen Meg heute Abend eingeladen haben."

Adam nickte.

„Wenn die Möglichkeit bestehen sollte, dass sie hierbleibt, muss sie sich wie zuhause fühlen."

Dieses Mal verzichtete Adam auf irgendeine Art zu antworten. Seit seine Fingerspitzen bei der Berührung von Megs weicher Haut Feuer gefangen hatten, waren ihm verschiedene Szenarien durch den Kopf gegangen – von Meg in der Küche, im Wohnzimmer, im Esszimmer und in seinem Bett. In seinem Kopf war sie bereits zuhause. Das Problem war nur, dass er sie in seinem Kopf auch lächelnd neben dem Weihnachtsbaum der Familie sah, schwanger inmitten der Frühlingsblumen auf der Ranch und neben dem Bett, wo sie Kindern, die verdächtig wie er und sie aussahen, Gutenachtgeschichten vorlas. Verlangen konnte er unterdrücken; Gedanken an Margaret O'Brien an Heim und Herd waren unbekanntes Terrain für ihn.

Er sollte auf Abstand blieben. Hier war nicht ihr Zuhause. Ihr Zuhause war die Großstadt. Aber nach nur einem Familienessen, zwei langen Fahrten in die Stadt und kurzen täglichen Abstechern ins Café um – öfter als normal – Essen für sich und seine Angestellten zu holen, war ihm Meg ohne ihr Zutun und auf eine Art, die er sich nicht erklären konnte, unter die Haut gegangen.

„Was denkst du?"

Adam hoffte, dass Abbie sein Schweigen als Nachdenken über ihre Frage und nicht als Gedanken an Meg deutete.

„Ich will sie nicht verlieren, Adam. Sie hat sich nicht nur schneller in diesem Job eingelebt als jedes andere Greenhorn, das ich kenne, auch die Gäste lieben sie und Frank könnte man inzwischen fast als sympathisch beschreiben."

Okay, das war interessant. Frank Carter – ehemaliger Berufssoldat, Master Gunnery Sergeant –, der die Kellnerinnen herumkommandierte, als wären sie Rekruten in der Grundausbildung Er war schon als vieles bezeichnet worden, von mürrisch und griesgrämig bis zu still und reserviert, aber als *sympathisch* hatte Frank noch nie jemand beschrieben. „Ich weiß ehrlich nicht, was ich sagen soll, Abbie."

„Na ja, denk darüber nach. Wenn jemand herausfindet, wie er sie in der Stadt halten kann, dann setze ich auf dich."

„Mich?"

Schritte hüpften die Treppe hinter der Küche herunter und kündigten Megs bevorstehende Ankunft an.

Abbie lächelte und erhob sich. „Denk darüber nach."

Er starrte immer noch Abbie hinterher und überlegte, ob sie etwas wusste, das er nicht wusste, als Meg neben dem Tisch auftauchte. „Bereit, wenn du es bist."

„Kann losgehen." Adam stand auf, schnappte sich seinen Hut und gab Meg ein Zeichen, vorauszugehen. Sein Kopf ratterte, um einen Weg zu finden, das zu tun, worum Abbie gebeten hatte – Meg zu überzeugen, in der Stadt zu bleiben. Oder sich selbst zu überzeugen, dass sie nicht hierher gehörte. Die Wahrheit war, dass Margaret O'Brien, egal wie einnehmend ihr Lächeln oder wie funkelnd ihr Lachen oder wie verführerisch ihr schüchternes Erröten auch war, immer noch ein Mysterium für ihn war. Auf mehr als nur *eine* Art.

KAPITEL DREIZEHN

Meg hatte erhebliche Willenskraft aufbringen müssen, um nicht zuhause zu bleiben und jeden neuen Artikel über Jonathan zu lesen. Sie hatte schnell ein paar davon überflogen und nach Erwähnungen ihres Vaters gesucht. William O'Briens Name tauchte als Besitzer von BriteWay Investment Securities LLC auf und seine Mitwirkung an kriminellen Aktivitäten würde immer noch untersucht. So wie es sich anhörte, war jede Strafverfolgungsbehörde, angefangen von der Börsenaufsicht bis hin zum FBI, in den Fall involviert. Laut einem Artikel hatten einige Opfer bereits Zivilklagen gegen Jonathan und die Firma seines Vaters erhoben. All das bedeutete, dass es länger dauern würde als erhofft, bis die ganze Sache vorüber sein würde.

Jetzt stand sie hier und wartete darauf, dass einer der umwerfendsten Männer, die sie je gesehen hatte, zu ihrem ersten Mädelsabend in der Kleinstadt fuhr. Sie war sich noch nicht sicher, was sie nervöser machte, im Fahrerhäuschen des Trucks so nahe neben Mr. Sex am Stiel zu sitzen oder einer Herde voll Frauen gegenüberzutreten, die Fragen stellen würde, auf die sie keine Antworten parat hatte. „Bereit, wenn du es bist."

„Kann losgehen." Adam erhob sich von seinem Stuhl. Große gestiefelte Füße.

Was war es noch, was man über die Größe von ... *Nicht damit anfangen, Meg.* Als er ihr ein Zeichen gab vorauszugehen, eilte sie voraus. Das Letzte was sie jetzt brauchte war noch ein Blick auf seinen Hintern in dieser Jeans. Sie musste sich auf etwas Harmloses konzentrieren. Etwas Sicheres. „Wie weit ist es bis zu Donna?"

„Nicht sehr weit. In fünf Minuten sind wir dort."

Warum machte sie das traurig? Nur fünf Minuten war gut. Besser als gut. Perfekt. Allein zu sein mit einem waschechten texanischen Cowboy war nicht gut für eine Frau, deren Ehe und Leben vor kurzem wie ein Kartenhaus zusammengebrochen war. „Klingt gut. Danke nochmal."

„Lediglich Hilfe unter Nachbarn."

Hilfe unter Nachbarn. Genau. Adam öffnete die Tür und Meg packte den Griff und zog sich nach oben. Nachdem sie sich in den Sitz hatte fallen lassen, blickte sie geradeaus. Adam Farraday war einfach ein guter Nachbar und sie benahm sich wie ein verknallter Teenager. Wie armselig war das?

„Abbie hatte wirklich Glück, dass du hier aufgetaucht bist. Niemand hätte erwartet, dass Donna so früh mit dem Arbeiten aufhören musste."

„Das sagt Abbie auch. Ich bin froh, dass ich helfen kann." Und dankbar, für den Job. Als sie an der Kirche in den Ferrari eingestiegen war, war ihr einziger Gedanke gewesen, so schnell und weit wie möglich von Dallas und dem Jonathan-Schlamassel wegzukommen. Das Letzte, was ihr Daddy brauchte, war, dass sie der Polizei oder irgendjemand anderem erzählte, was sie gehört hatte.

„Wie läuft es mit diesen Spezialkonten?" William O'Brien reichte Jonathan nach dem Dinner ein Glas Cognac.

„Gut. Gut. Sieht so aus, als wäre die Verbindung der O'Briens und Coxes sehr profitabel für unsere wachsende Familie."

Damals war Meg stolz gewesen, dass ihr Dad seinem zukünftigen Schwiegersohn etwas Spezielles und Profitables anvertraut hatte, Aber jetzt sah es nicht gut für ihren Vater aus. Sie glaubte keine Minute, dass ihr Daddy die Leute, die ihm vertrauten, bestehlen würde. Aber sie hatte bereits herausgefunden, dass Liebe einen Menschen der Wahrheit gegenüber blind machen konnte. Sie konnte es nicht riskieren, nach Hause zu kommen und befragt zu werden. Männer wurden schon aufgrund von schlechterer Beweislage als einer von der Tochter mitgehörten Unterhaltung ins Gefängnis geschickt. Sie musste sich von Zuhause fernhalten.

„Hast du dir schon überlegt, ob du dir eine andere Unterkunft suchen willst?" Adams Worte durchbrachen ihre Gedanken.

„Nicht wirklich."

„Es gibt ein paar freie Häuser am Stadtrand. Einige davon sind sicher billig jetzt, wo die Ölpreise sinken.

„Ich denke nicht, dass ich mir ein Haus leisten kann."

„Ich lehne mich vielleicht etwas weit aus dem Fenster, aber ich denke, dass Abbie das kleine Appartement ausräumen und dir günstig vermieten würde, wenn du sie fragst."

Dieser Ort hatte viel Potential. Aber falls ihr Glück sich wenden sollte, wäre es vielleicht wieder sicher, um nach Hause zu fahren, sobald sie die Reparaturen an ihrem Wagen bezahlt hatte. „Ich muss darüber nachdenken."

Ein leichtes Lächeln zog seine Mundwinkel nach oben. „Gut. Gut." Der große Truck war nur ein oder zwei Mal abgebogen, als Adam langsamer wurde und in eine Einfahrt bog. „Da wären wir."

Das Holzhaus mit der großen Veranda mit dem typischen Paar Schaukelstühlen erinnerte sie an eine längst vergangene Ära. Sie blickte nach links und rechts und bestaunte die Hecke aus verschiedenen Büschen und die frisch gepflanzten Frühlingsblumen. Gelächter drang durch ein offenes Fenster in ihre Richtung. Mit ein wenig Schnee und blinkenden Lichtern würde dieses Heim perfekt für eine Weihnachtskarte sein.

Die Beifahrertür schwang auf und Adam streckte die Hand aus. „Lass mich dir helfen.“

Etwas bereitwilliger als sie hätte sein sollen, nahm Meg seine Hand und stieg vom Truck. Seine Hand wanderte an ihre Taille, als er sie sanft zu Boden hob. „Danke.“

„Mit Vergnügen.“ Seine Augen suchten die ihren. So wie sein Blick sanfter wurde und von ihren Augen zu ihrem Mund und wieder zurück wanderte, dachte sie für ein paar Sekunden, dass er sie küssen wollte. Stattdessen trat er zurück und ließ die Hände schwer an seine Seiten fallen.

„In Butler Springs gibt es einen tollen neuen Steakladen. Ich wollte ihn schon länger ausprobieren.“

Meg nickte.

„Es wäre schön, wenn du mich begleitest.“

„Ja“, murmelte Meg.

„Morgen Abend?“

Sie nickte dieses Mal, da ihr Mund plötzlich trocken und voller Baumwolle war.

„Ich hole dich um sechs ab.“

Ihr Kopf wackelte erneut auf und ab. Die Worte steckten ihr im Hals.

„Gut.“ Er drehte sich in Richtung der Front seines Trucks. „Also sehen wir uns Morgen um sechs.“

„Um sechs“, wiederholte sie, wobei sie Adam hinterherblickte als er um die Motorhaube joggte und in den Truck stieg. Er hatte gerade die Tür zugeschlagen und den Motor gestartet und blickte in ihre Richtung, als seine Augenbrauen in einem Stirnrunzeln nach oben wanderten. Besorgt, was los war, bemerkte sie plötzlich, dass er vermutlich verwirrt war, warum sie immer noch wie angewurzelt an Ort und Stelle stand. Einen kleinen Schritt zurückweichend winkte sie lässig und tat so, als hätte er sie nicht gerade ertappt, wie sie ihn gedankenlos angestarrt hatte. Dann drehte sie sich um und ging die Einfahrt hinauf. Erst als Becky die Tür öffnete und sie hereinbat, hörte Meg das Brummen des zurückstoßenden Wagens.

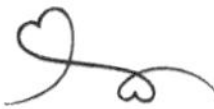

„Ich freue mich, dass du es geschafft hast." Eine sehr schwangere Frau, von der Meg annahm, dass es Donna war, winkte vom Sofa. „Ich habe schon so viel von dir gehört und war schon so neugierig, wer mich ersetzen könnte."

„Niemand", sagte Becky auf dem Weg in die Küche. „Meg, was möchtest du trinken? Wir haben Cola, Pepsi Light –"

„Keine Softdrinks", rief jemand, den sie nicht kannte aus der gegenüberliegenden Zimmerecke.

„Einen guten Pinot Grigio", fuhr Becky ohne Pause fort. „Und ein Cabernet, den Nora mitgebracht hat."

„Und", fügte Kelly hinzu, „im Gefrierschrank ist immer ein Fertigmischung Frozen Margarita. Ich habe noch Tequila mitgebracht. Vergin Margaritas und alkoholfreien Wein für Donna."

Meg setzte sich auf den Sessel neben dem Fernseher. „Ein kleines Glas Pinot wäre nett."

„Ein Weißwein, kommt sofort." Becky sprang fast in die Küche. „Und bediene dich bei den Sachen auf dem Tisch. Ich habe gefüllte Eier gemacht."

„Was bedeutet, dass du mit deinem Leben

spielst." Kelly lachte.

„Ich kann kochen", biss Becky zurück.

Die nächsten zwei Stunden waren gefüllt von Unterhaltungen unter Freunden. Neuen und alten. Eine lebhafte Debatte entbrannte, ob man David Duchovny in *Zurück zu Dir* oder Leonardo Diaprio in *Der große Gatsby* anschauen sollte, aber da Donnas Stimme doppelt zählte, da es ihr Haus war, gewann Davids Liebeskomödie. Doch der Film verlangsamte das Geplänkel der Frauen nicht im Geringsten. Bis Duchovny mit der Nonne auf dem Lenker auf dem Fahrrad fuhr, lachten die sechs Frauen bereits bis sie weinten, wobei Donna die einzig Nüchterne war.

„Warum passieren solche Dinge nicht im wahren Leben?" Kelly sank tiefer ins Sofa und lehnte den Kopf zurück, während sie eine verwässerte Margarita in ihrer Hand schwenkte.

„Wahrscheinlich" – Becky drückte sich hoch – „weil wir nicht in Chicago leben."

„Was hat das damit zu tun?", fragte Donna sich umdrehend.

„Bis auf die Farradays gibt es nicht viele Iren – oder Italiener – in West Texas."

„Und nur Iren und Italiener können romantisch sein?", fragte Donna.

„Eigentlich", meldete sich Kelly zu Wort, „sind die Iren und Italiener immer die Lustigen in den Filmen. Der liebe David könnte auch Texaner gewesen sein."

„Texaner können auch lustig sein", lallte Nora.

„Sie können tanzen", fügte eine kleine Blondine, die neben Kelly saß und deren Namen Meg vergessen hatte, hinzu. „Sowohl vertikal als auch horizontal."

„Ohh", schallte es durch den Raum.

„Erzähl." Kelly lehnte sich vor. „Hier herrsch so eine Dürre, dass ich noch zu Staub zerfalle, bevor ein echter Mann vorbeikommt."

Die Blondine grinste anzüglich. „Ihr denkt, ich würde aus dem Nähkästen plaudern?"

„Ja" riefen alle und erneut brach Gelächter im Raum aus.

„Ich weiß nur, dass ich dir die Augen auskratze, wenn es einer der Farraday-Jungs ist." Nora seufze lauf. „Verdammt, diese Kerle sind Filetsteaks."

Meg konnte fast spüren, wie der Raum zustimmend schwärmte. Ihre Finger klammerten sich an ihr fast leeres Glas als sie auf den Namen wartete und geistig die Daumen drückte, dass es nicht Adam gewesen war, der mit Blondie Horizontaltango getanzt hatte.

„Nein. Die Jungs haben nichts mit Ortsansässigen. Wenn einer von ihnen hier sein Bohrgestänge in die Ölquelle eines Mädchens steckt, kann man darauf vertrauen, dass auch eine Hochzeit folgt."

Was Blondie sonst noch über den Rancharbeiter, mit dem sie letzte Woche aus war, zu sagen hatte, war nicht so interessant wie die Erwähnung von bevorstehenden Hochzeiten. Sicherlich ging es nicht um ein Dinner Date? Bildlich gesprochen spielte Blondie wohl darauf an, es getan zu haben. Vielleicht ein One-Night-Stand. Kein Dinner Date? *Date*? Heilige Scheiße! Sie hatte ein Date mit einem der Männer, mit denen die Hälfte der Frauen in der Stadt schlafen möchte.

„Was ist mit dir, Meg?", fragte Donna.

„Mir?" Sie gab ihr Bestes, ein lockeres Lächeln aufzusetzen, das sagte: *Ich habe nichts zu verbergen.* „Bei mir ist auch nicht viel los."

„Aber du wolltest heiraten?" Nora schlug sich sofort beide Hände vor den Mund. „Ups. Wir sollten doch nichts sagen."

„Wir?", fragte Meg.

Alle Augen im Raum entwickelten ein plötzliches Interesse für den Boden. Becky war die erste, die Meg wieder ins Gesicht blickte. „Es ist kein Geheimnis, dass du mit einem Hochzeitskleid in die Stadt gekommen bist. Und heute in den –"

„Nachrichten." Megs Schultern sackten herunter.

„Ja." Becky zuckte mit den Achseln. „Wir haben uns geeinigt, nichts aus dem Artikel zu erwähnen."

„Verstehe." Meg hob ihr Glas ins Licht. Es gab nicht genug Wein auf Erden, um ihre Geschichte zu beschönigen. „Ich dachte, ich hätte meinen Ritter in strahlender Rüstung getroffen. Eine halbe Stunde, bevor ich zum Altar schritt, fand ich heraus, dass er nicht der Mann war, für den ich ihn gehalten hatte. Es stellte sich heraus, dass seine Rüstung ziemlich verrostet war und dass der Ritter lediglich ein Dreckskerl war." Sie exte den Rest ihres Weins. „Ja. Ein absoluter Dreckskerl."

„Autsch." Becky zuckte zusammen.

Blondie zeigte auf Meg. „Weißt du was man darüber sagt, vom Pferd zu fallen."

Alle im Zimmer nickten, doch Kelly war diejenige, die bis über beide Ohren grinste. „Man muss sofort wieder aufsteigen."

„Genau", bestätigte Blondie. Und erneut nickte der ganze Raum. Natürlich hätte Blondie bei all dem Alkoholkonsum auch vorschlagen können, nackt die Hauptstraße entlang zu flitzen und alle hätten vermutlich zustimmend gebrüllt.

„Schont die Pferde, reitet die Cowboys!" Kelly erhob ihr Glas. „Willkommen in Tuckers Bluff, Meg O'Brien. Ich denke, du passt gut hierher."

Meg erhob ihr Glas mit ihren neuen Freundinnen und dachte, wenn es nur so einfach wäre.

KAPITEL VIERZEHN

Adam drückte seinen Nasenrücken, während er die Nummer seines Bruders D.J. wählte und hoffte, dass die Spannungskopfschmerzen, die sich von seinen Schultern bis in seine Augäpfel zogen, verschwinden würden. Normalerweise arbeitete er Samstag nur halbtags, aber heute kamen immer wieder Patienten. Nachdem er ganzen Tag auf den Beinen gewesen war und mehrere Operationen durchgeführt hatte, sehnten sich all seine Muskeln nach einer langen heißen Dusche.

Am anderen Ende der Leitung hörte D.J.s Handy auf zu klingeln. „Farraday."

„Du klingst als wäre dein Tag genauso schlimm wie meiner."

„Ich hatte schon bessere, wenn du das meinst."

„Ja. Das meine ich. Irgendetwas neues bezüglich des Hundes?" Gestern Abend hatte D.J. erwähnt, dass er ein paar Runden bei den Ranches am Rand seines Bezirks drehen wollte, und Adam hatte ihn überredet, eine Ermittlung bezüglich eines vermissten oder verlorenen Hundes auf seine Liste zu setzen.

„Nada. Niemand vermisste einen Hund – Streuner, Hofhund oder sonstiges – und es gab keine Anzeichen von Bussarden oder toten Tieren."

„Danke." Adam hatte erwartet, das zu hören, aber trotzdem hoffte er immer noch auf eine genaue Antwort. „Sehen wir uns morgen?"

„Ja. Hör zu." D.J. machte eine Pause. „Wegen Meg."

„Was ist mir ihr?"

„Wie gut kennst du sie?"

„Etwas genauso gut wie du. Warum?" D.J. gedämpftes Spötteln überraschte ihn. „Was verschweigst du mir?"

Dieses Mal drang ein lautes Seufzen durch die Leitung. „Nichts, aber sei vorsichtig."

„Du redest kryptisches Zeug." Und Adam war viel zu müde, um dieses Bulle und Maus Spiel zu spielen.

„Egal. Mach einfach nichts was ich nicht auch tun würde." Das Klicken eines weiteren Anrufs ertönte in Adams Ohr. „Das ist das Büro. Ich muss auflegen."

Was zum Teufel war das gewesen?

„Hast du D.J. erreicht?" Becky Wilson stand auf der Türschwelle zu Adams Büro.

„Hat gerade aufgehängt."

„Irgendetwas bezüglich des Hundes?"

Er wiederholte, was D.J. ihm erzählt hatte, aber sein Kopf grübelte immer noch über D.J.s kryptischen Kommentar bezüglich Meg nach.

Becky zuckte mit den Achseln. „Hoffen wir einfach, dass das ein gutes Zeichen ist. Vielleicht haben du und Meg nur halluziniert."

„Das wäre etwas Neues. Simultane anhaltende Illusionen."

„Macht genauso viel Sinn wie alles andere." Lächeln drückte sich Becky von der Tür weg. „Ich habe dich heute noch nichts essen sehen."

„Ich habe mir nach der OP des Labradors einen Joghurt geschnappt."

„Das ist keine Mahlzeit. Willst du für ein frühes Abendessen rüber ins Café?"

„Heute nicht. Ich habe andere Pläne." Pläne, auf die er sich sehr freute und die er sich unter keinen

Umständen von seinem übervorsichtigen Bruder vermiesen lassen würde.

„Pläne?" Beckys Augenbrauen wölbten sich hoch in ihre Stirn.

„Ja, Miss Wilson." Er erhob sich. „Und falls es ihre Zustimmung findet, Ma'am, werde ich für heute schlussmachen und versuchen, mit einer Dusche ein paar dieser Verspannungen zu lösen."

Grinsend wie das aufgedrehte Mädchen, an das er sich so gut erinnerte, verdrehte sie die Augen und schüttelte den Kopf. „Eilmeldung. Es gibt bessere Wege, Anspannung loszuwerden. Du solltest mal darüber nachdenken." Bevor er eine Antwort parat hatte, hielt Becky an und fügte hinzu: „Und wenn du mich fragst, ist Meg wirklich nett."

Wie ein Blitz war sie im Gang verschwunden. Er musste es dem Mädchen lassen; sie hatte Recht bezüglich Stressabbau. Es war schon viel zu lange her, seit er mit einer Frau zusammen gewesen war. Zu blöd nur, dass er mit Meg nichts dagegen tun konnte. Alle Farraday-Brüder hatten eine bindende Regel: sie fingen nichts mit Freunden an. Und da die meisten Bewohner von Tuckers Bluff hier geboren und aufgewachsen waren, war jede ledige Frau in einem fünfzig Meilen Radius auf die eine oder andere Art eine Freundin.

Auch wenn es nicht wirklich praktisch war, eine Frau aus der nächsten oder übernächsten Stadt zu Daten, so machte es die Trennung doch umso leichter. In einer so kleinen Stadt konnte man niemandem aus dem Weg gehen. Eine vergeigte Beziehung könnte zu einer Albtraumbegegnung im Café, der Tankstelle oder dem Supermarkt werden. Nein. Selbst Meg war für Intimitäten tabu. Und wenn er sich das die nächsten anderthalb Stunden immer wieder vorsagen würde, würde er es vielleicht glauben.

Meg drehte sich vor dem Spiegel. Sie hatte es gehasst, bei den Schwestern anschreiben lassen, aber in der Schatzkammer war einfach zu wenig Geld für ein neues Kleid gewesen. Da sie unmöglich mit ihren Arbeitsklamotten in Butler Springs essen gehen wollte, war ein Kredit bei den Schwestern ihre einzige Option gewesen.

Meg hatte zu einem einfachen beigen Etuikleid tendiert. Jedes Mädchen brauchte etwas in ihrem Schrank, das mit einer Perlenkette schick und mit einem Paar Sandalen zwanglos wirkte. Da Meg weder Sandalen noch Perlen hatte machte dies für heute Abend keinen Sinn. Stattdessen hatte sie sich für Sisters Vorschlag entschieden und das dunkelblaue ärmellose Kleid mit Gürtel und A-Linien Rock gekauft, zusammen mit einem leichten schwarzen Sweater für später. Sister hatte recht gehabt. Als sie sich im Spiegel betrachtete musste Meg dem Drang widerstehen wie ein kleines Mädchen herumzuwirbeln.

Ihr Outfit von heute Abend bestand aus ihrem neuen Kleid und den neuen Accessoires – neutralen Schuhen und einer dazu passenden kleinen Handtasche. Die Schuhe waren fast so umwerfend wie das Kleid. Spitz zulaufend mit schmalem Absatz, nicht zu hoch und nicht zu flach, und einem diagonalen Riemen. Klassisch. Für ein paar Frauen vom Land hatten die Schwestern hier mitten im Nirgendwo von West Texas eine ausgezeichnete kleine Auswahl an Damenbekleidung. Egal was Meg brauchte, die Schwestern schienen immer das perfekte Teil in genau der richtigen Größe zu haben.

Ein Klopfen an der Tür unterbrach ihr verspieltes Herumwirbeln. Sie stellte ihre Schultern gerade und glättete den fließenden Stoff nur aus dem Grund, ihre Nerven zu beruhigen. Dann manövrierte Meg sich durch ihren Hindernisparcours zur Eingangstür. Noch einmal tief durchatmend riss sie sie auf. Elegant. „Hi."

Adam tippte seinen Hut an und Wohlgefallen spiegelte sich in seinen Augen. „Hi."

Es wäre zu einfach gewesen, den ganzen Abend hier stehen zu blieben und sich in den Tiefen von Augen so blau wie das Mittelmeer zu verlieren, doch Meg hatte sich mit Jonathan schon genug zum Affen gemacht, dass es für mehrere Leben reichen würde. Sich zwingend wegzublicken, zeigte sie auf die einzigen beiden Stühle, die nicht mit Schachteln zugestellt waren. Da sie nicht hatte schlafen können, hatte sie vergangene Nacht Schachteln umgestellt und die Wohnung geputzt. „Komm rein."

Er schwankte auf den Fersen, während er sich in dem kleinen Raum umsah. „Danke, aber ich habe reserviert."

„Oh." Sie nickte. „Lass mich schnell meine Tasche holen und wir können los."

„Und" – er räusperte sich und streckte seinen rechten Arm aus. „Ich habe die hier gekauft. Nichts Besonderes, aber …"

„Blumen." Das Wort kam so sanft aus ihr wie ihr Atem.

„Der einzige Ort, wo ich so schnell blaue Blumen finden konnte, war in Mrs. Peabodys Garten. Ich musste ihr für sechs Monate kostenlose Behandlungen versprechen, um ihre preisgekrönten Hortensien pflücken zu dürfen."

„Das ist wirklich lieb von dir. Ich stelle sie nur schnell ins Wasser." Sie öffnete die Tür etwas weiter, sodass er drinnen warten konnte und eilte zu der kleinen Küchenzeile. „Sie sind wunderschön."

Nachdem sie mehrere Schränkchen geöffnet und

wieder geschlossen hatte, fand sie endlich eine passende Vase. Es war so lange her, seit Jonathan ihr das letzte Mal Blumen geschenkt hatte. Langstielige Rosen von einem Floristen. Damals hatte sie sich über das schöne Arrangement gefreut. Jetzt waren sie kein Vergleich zu dem Aufwand, den Adam sich gemacht hatte, um eine Nachbarin zu nötigen, sich von ihren preisgekrönten Blumen zu trennen. *Blau.* Megs Lieblingsfarbe. *Er erinnerte sich.* War er bei allem so aufmerksam?

Ihre Gedanken reisten zu diesem ersten Morgen, als er darauf bestanden hatte, sie in seinen Truck zu heben, damit sie sich nicht den Knöchel bracht. Wie er sich auf die Suche nach einem möglicherweise verletzten Tier gemacht hatte, obwohl er hundemüde gewesen war, nachdem er sich die ganze Nacht um ein trächtiges Pferd in Gefahr gekümmert hatte. Es schien, als wäre Adam die Art Mann, von dem alle Frauen träumten. Andererseits hatte Meg jedoch auf die harte Tour gelernt, dass man schnell auf Äußerlichkeiten hereinfallen konnte. Meg Stellte die Vase auf den kleinen Tisch an der Tür und inspizierte ihr Date für den Abend. Ihr Bauchgefühl sagte, dass Adam Farraday genauso war, wie er wirkte und – falls das stimmte – diese trächtige Stute nicht die Einzige in Gefahr war.

Das war absolut lächerlich. Adam fühlte sich wie ein Teenager auf seinem ersten Date. Handgepflückte Blumen mitbringen. So zeigte man, dass man vom Land war.

„Stimmt etwas nicht?"

„Nein. Sorry, ich denke nur zu viel nach."

„Ich weiß, wie das ist." Beruhigt legte sie sich in den Sitz zurück. „Mein Kopf spielt gerne verrückt. Immer wieder dieselben Gedanken. Oder Gedanken daran, was hätte sein können."

„Das Leben ist unvorhersehbar." Wie viele Leute stolperten schon mitten auf einer verlassenen Landstraße über eine wunderschöne Frau?

„Du sagst es." Meg hob den Kopf und drehte sich auf ihrem Sitz. „Warst du je verheiratet?"

Er schüttelte den Kopf.

„Verlobt?"

Obwohl er und seine High School Liebe von Zeit zu Zeit über die Ehe geredet hatten, hatte es nie einen Verlobungsring gegeben und das ganze hatte geendet, als er aufs College gegangen war. Er schüttelte erneut den Kopf.

„Verliebt?"

„Niemand verlässt die Junior High, ohne zu denken, dass er zumindest einmal verliebt gewesen war."

„Ich mein nicht verknallt. Ich mein verliebt."

Er wusste, was sie meinte. Er war ein paarmal kurz davor gewesen. „Nicht so wie du meinst."

Ihre Augenbrauen schossen ihre Stirn hinauf.

„Auf dem College hatte ich eine feste Freundin. In unserem Abschlussjahr mussten wir uns entscheiden. Entweder würde sie mit mir auf dem College bleiben, bis ich mein Veterinärstudium abschloss, oder wir würden getrennte Wege gehen und damit abschließen. Ich liebte Connie. Und sie liebte mich. Vielleicht hätte es sich zu einer stabilen Art von Liebe entwickelt, die einen bis ins hohe Alter verbindet, wenn wir uns entschieden hätten, zusammenzubleiben.

„Aber ihr habt es nicht probiert."

„Ich hätte. Damals dachte ich, es wäre das Richtige, aber Connie wusste, dass wir uns letztendlich nur verloben würden, weil es von uns erwartet wurde. Sie wollte mehr." Er hatte das noch nie ausgesprochen, nicht einmal gegenüber sich selbst. „Etwas, das ich ihr nicht geben konnte."

„Vielleicht wäre ich nicht in diesem Schlamassel, wenn ich so schlau wie Connie gewesen wäre."

„In was für einem Schlamassel steckst du, Meg?" Da, er hatte es einfach ausgesprochen und sie gefragt.

Die Lippen zwischen die Zähne ziehend schloss sie einen Moment lang die Augen, bevor sie sich aufrichtete und ihn anblickte. „Es ist kein Geheimnis. Nicht mehr. Mein Verlobter ist ein Verbrecher. Ein Schwindler. Er hat die Firma meines Vaters benutzt, um an Investoren zu kommen, hat ihnen unglaubliche Renditen versprochen und hat ihr Geld, anstatt es zu investieren, dazu benutzt, Dividenden an frühere Investoren zu zahlen."

„Ein Schneeballsystem." In den letzten Jahren schienen Trickbetrüger wie ihr Ex wie Unkraut aus dem Boden zu schießen.

„Ja, das hat mir das FBI gesagt."

„Das FBI?"

Ihre Augen schlossen sich und ihr Kopf fiel zurück gegen die Kopfstütze. „Bis zur Hochzeit waren es nur noch dreißig Minuten. Ich war im Warteraum. Vermutlich die einzige Braut in der Geschichte, die zu früh zu ihrer Hochzeit kam. Vor meiner Tür herrschte etwas Tumult. Der Ehemann meiner Brautjungfer diskutierte mit einem Mann mit einer Marke am Gürtel. Ich bin mir nicht einmal sicher, warum ich die Marke überhaupt bemerkt hatte." Sie blickte Adam wieder an. „Jonathan hatte keine engen Freunde. Er hatte den Mann meiner Brautjungfer gebeten, sein Trauzeuge zu sein. Machte einen Witz, dass meine Freunde seine wären, aber ich hätte bereits da sehen sollen, dass mehr dahintersteckte.“

„Viele Leute sind schüchtern oder introvertiert oder auf ihre Ausbildung oder ihre Karriere fixiert und pflegen deshalb keine Freundschaften. Kaum jemand kommt deswegen zu dem Schluss, dass sie Verbrecher oder Betrüger sind.“

„Nein.“ Sie kicherte. „Ich denke nicht. Aber trotzdem …“

Er wartete einen langen Augenblick, bevor er nachhakte. „Was ist dann passiert?“

„Der FBI-Agent entschuldigte sich, dass sie die Hochzeit haben platzen lassen. Etwas bezüglich eines verzögerten Haftbefehls und dass Vermögenswerte eingefroren werden mussten und dass es nicht anders ging. Jetzt wo ich zurückdenke, bin ich sicher, dass er mit dem Ehemann meiner Brautjungfer darüber stritt, dass ich, sollte ich nicht in die Sache involviert sein, noch dankbar sein würde, dass sie mit der Verhaftung nicht bis nach den Flitterwochen gewartet hatten.“ Sie kicherte erneut. Kein belustigtes Geräusch, eher ein sarkastisches Lachen. „Das wäre schwierig gewesen. Wir wollten nach Paris.“

„Ich nehme an du meinst das in Frankreich. Nicht das in Texas.“

Dieses Mal war ihr Lachen sanfter, fast musikalisch. „Nicht das in Texas.“

Das war nicht gerade das *den Ex im Bett mit der besten Freundin*-Szenario, das er erwartet hatte. Aber zumindest war es nicht der *mit einem gefährlichen Mann verheiratet*-Fall, den er auch gefürchtet hatte. „Und da bist du in den Wagen gestiegen und losgefahren.“

„Ich glaube, ich war in meinem ganzen Leben noch nie so wütend gewesen.“

Wut machte Sinn. Die erste Stufe der Trauer.

„Wenn er jetzt hier wäre, glaube ich, würde ich ihm

immer noch die Eier wegschießen."

Adam spürte, wie seine eigenen sich in seinen Boxershorts wanden. „Etwas drastisch, denkst du nicht?"

„Nein. Anscheinend reichte ihm das Geld nicht, das er den Kunden meines Vaters gestohlen hatte. Er hat auch all meine Konten leergeräumt. Und meine Kreditkarten überzogen."

„Was ist mit der Arbeit? Du hast in Dallas doch sicher einen Job."

„*Hatte*. Nach der Hochzeit wollte ich mich auf mein eigenes Business konzentrieren."

„Das wäre?"

„Ich bin im Hotelmanagement. Dallas ist demographisch perfekt für Boutique-Hotels. Jonathan würde die Finanzen regeln und ich alle anderen Hotelangelegenheiten."

„Und jetzt ist das alles weg."

Ihr Kopf wippte auf und ab und Feuchtigkeit sammelte sich in ihren Augen. Eine Träne lief ihre Wange hinunter und sie wischte sie mit dem Handrücken weg.

„Das tut mir leid." Diese Aussage war ziemlich dürftig, doch mehr konnte er nicht tun.

„Ich bin schon ein tolles Date." Sie wischte noch einmal über ihre Wange und setzte ein zittriges Lächeln auf.

„Ich könnte dasselbe sagen. Ich bin derjenige, der dich gebeten hat, das alles zu erzählen. Es tut mir wirklich leid, dass er dich verletzt hat." Adam war ein wenig überrascht darüber, wie gerne er ihren Ex in die Finger bekommen würde. Um ihn in winzige Stücke zu zerfetzen.

„Nun, das FBI hatte mit einer Sache recht. Ich bin sehr froh, dass sie nicht gewartet haben." Sie bewegte sich wieder, sodass ihr Knie auf dem Sitz lag. „Es hat sich herausgestellt, dass ich in ein Trugbild verliebt war. Jedes Mädchen träumt von Prince Charming und ihrem Hochzeitstag. Ich sollte verärgerter sein.

Er wollte nicht anmerken, dass sie für ihn ziemlich verärgert aussah.

„Nicht wegen der Hochzeit oder des Geldes oder dem, was er meinem Vat ... einer Familie angetan hat. *Darüber* bin ich verdammt wütend. Aber ich bin nicht im Geringsten enttäuscht, nicht mit Jonathan verheiratet zu sein. Es ist irgendwie erschreckend zu realisieren, dass ich so wenig über die Liebe wissen konnte.

Am Stadtrand von Butler Springs tauchten die Lichter des neuen Steakhauses auf. Adam wurde langsamer und fuhr auf den Parkplatz. So vieles hatten sie während dieser Fahrt miteinander geteilt, dass ihm schwindelig war. Er trottete zur Beifahrerseite, öffnete die Tür und half ihr wie gewohnt herunter. Nur dieses Mal waren sie sich nahe genug, dass er den Geruch ihres Shampoos wahrnahm. Ein süßer Duft von Vanille.

„Danke." Sie lächelte und die Traurigkeit in ihren Augen war verschwunden. „Noch einmal."

„Gerne. Noch einmal." Er verharrte noch ein wenig länger als er hätte sollen. Lange genug, um ein Aufflammen in ihren Augen zu bemerken, das das ganze Blut in seinen Adern nach Süden strömen ließ. Adam zwang sich zurückzuweichen und fragte sich, wie viel Einfluss Megs Verlobter noch auf sie hatte.

KAPITEL FÜNFZEHN

„**D**as glaube ich nicht." Meg schüttelte den Kopf und versagte kläglich, ihr Lachen zu unterdrücken. „Ihr habt eure Schwester wirklich an den Torpfosten festgebunden?"

„Schuldig im Sinne der Anklage. Aber zu unserer Verteidigung, sie trug Schutzkleidung. Als Grace sich bei Tante Eileen beschwerte, weigerte sie sich zu glauben, dass wir so etwas Fieses tun würden."

„Ihr seid damit davongekommen?" Ihre Stimme wurde ein paar Oktaven höher.

„Nein." Adam holte seine Geldbörse aus seiner Gesäßtasche. „Finn hat gepetzt. Aber nicht absichtlich. Er erzählte Tante Eileen, dass er gerne einen Hockeyschläger zu Weihnachten möchte. Das kam ihr seltsam vor, also fragte sie ihn, ob es ihm gefiel mit seinen Brüdern Hockey zu spielen. Da Finn der jüngste war und nicht so oft mir Connor, Brooks und mir spielen durfte, war er aus dem Häuschen, als wir ihn ins Team ließen."

„Ein Team?"

„Mit nur sechs Leuten spielt man anders. Ein Team versucht zu Punkten, das andere versucht, den Puck vom Tor fernzuhalten. Drei in einem Team. Drei im anderen."

„Und deshalb brauchtet ihr einen Siebten als Torwart."

„Genau." Er legte mehrere Banknoten in die

schwarze Mappe mit der Rechnung. „Dann stellte ihm Tante Eileen die Fangfrage."

Meg konnte nicht aufhören zu lächeln. Je mehr Geschichten sie hörte, umso lieber mochte sie Adams Tante. Eigentlich seine ganze Familie. „Und die war?"

„Ich wette, es macht keinen Spaß, mit einem Mädchen zu spielen?"

„Oh, Junge. Er fiel drauf rein, oder?"

„Er war erst sieben. Ja. Er fiel drauf rein. An jenem Abend setzte sich mein Vater mit uns sechs hin und fragte uns direkt."

„Was habt ihr gesagt?"

„Die Wahrheit. Niemand von uns würde Dad je anlügen. Wir verzerren vielleicht von Zeit zu Zeit die Wahrheit ein wenig. Lassen ein paar Punkte weg. Lenken ihn mit etwas anderem ab. Aber wir lügen ihm nie ins Gesicht."

„Keiner von euch?"

Adam drückte sich hoch, griff nach ihrem Stuhl und half ihr auf. „Keiner von uns. Niemals."

„Nicht einmal, um eure eigene Haut zu retten?" Sie sprang fast auf, als seine warme Hand auf ihr Kreuz glitt und er sie langsam in Richtung Tür führte.

„Wenn man dem Wort eines Mannes nicht trauen kann, kann man dem Mann nicht trauen."

Die Art, wie Adams Finger leicht gegen ihren Rücken drückten, hielt Meg davon ab, klar denken zu können. Ihre Gedanken brauchten doppelt so lange, von ihrem Kopf zu ihrem Mund zu wandern und dort Worte zu formen. „Vertrauen. Ja."

„Ein Mann ist nichts ohne Respekt. Ehre ist wichtig in meiner Familie, mehr als Lippenbekenntnisse."

Daran bestand kein Zweifel, im Gegensatz zu ihrem verlogenen Ex, waren Ehre und Respekt fest in der DNS der Farradays verankert. „Deshalb ist einer eurer Brüder bei den Marines."

„Drei sogar.“

„Drei.“

„Einmal Marine, immer Marine. Connor und D.J. haben beide jeweils vier Jahre gedient.“

„Lass mich raten. D.J. war bei der Militärpolizei?“

Nickend öffnete Adam die Tür und blickte kurz nach links und rechts die Straße hinunter. „Es ist ein schöner Abend. Am anderen Ende der Straße gibt es einen Park mit einem Teich. Wollen wir etwas Spazierengehen?“

„Ja, ich fühle mich wie ein Truthahn an Thanksgiving. Ich könnte etwas Bewegung gebrauchen. Es war übrigens sehr lecker. Danke.“

„War mir ein Vergnügen.“ Er tippte seine Hut an und reichte ihr den Ellbogen.

Ihr fehlte nur noch ein kariertes Kleid und eine Strohhaube, um sich wie ein Charakter in einem alten Western zu fühlen. Für ein paar Sekunden badete sie in der Ruhe des Augenblicks.

„Was ist mit deinen anderen Brüdern? Haben sie auch daran gedacht, zum Militär zu gehen?“

„Nicht wirklich. Für mich oder Brooks erschien es unpraktisch, da wir beide acht Jahre Studium und vier Jahre Facharztausbildung vor uns hatten. Finn war schon vor der Pubertät mit der Ranch verheiratet.“ Adam kicherte leise. „Der Junge war noch vor seinem zehnten Geburtstag erwachsen und bereit Verantwortung zu übernehmen.“

Pflichtverbundenheit gegenüber der Familie war für jeden Beobachter dieses eng verbundenen Klans so offensichtlich wie die Sonne über West Texas, aber scheinbar war die Pflichtverbundenheit dem Land gegenüber ebenso stark in der Farraday-Familie verwurzelt. Und falls die Brüder, die sie noch nicht kennengelernt hatte, sich nur im Geringsten ähnelten, zählte Pflichtverbundenheit Fremden gegenüber ebenso dazu. „Wie lange dient Ethan schon?"

Adams Kiefermuskeln spannten sich an, bevor er den Mund öffnete. „Werden sieben Jahre. Er wird die zwanzig vollmachen, oder wie lang auch immer Uncle Sam ihn fliegen lässt."

Er wurde einen Augenblick lang still und auch wenn aus ihrem näheren Umkreis niemand beim Militär war, wusste Meg, was Adam gerade durch den Kopf ging. *Oder solange der Feind ihn nicht abschießt.*

„Versteh mich nicht falsch", fuhr er fort. „Ethan liebt die Ranch genauso sehr wie der Rest von uns, aber er liebt diesen Helikopter zu fliegen mehr als zehn Ranches und hundert Frauen."

„Er liebt Frauen wohl?" Das Kinn senkend und zu ihm hinaufblickend versuchte sie, ihm ihr bestes Schüchternes grinsen zu zeigen.

„Nun …" Seine Worte verstummten. Durch seine Jacke konnte sie spüren, wie sich die Muskeln in seinem Arm verkrampften.

„Schon gut." Sie kicherte. „Ich mache nur Spaß. Ich war nie Soldatin, aber ich bin mir sicher, auch bei den Marines gibt es ein Äquivalent zu *ein Mädchen in jedem Hafen.* Vielleicht sogar mehrere. Mädchen. Nicht Häfen."

„Männer die hart arbeiten, spielen auch gerne." Adam blickte sie nicht an. Sein Blick war auf der Bürgersteig vor sich gerichtet. „Wir hören nur die Geschichten über die SEAL Teams oder die Special Forces und stellen uns all die Dinge über Geheimoperationen vor, von denen uns niemand erzählt, aber die Teams kommen nicht ohne Hilfe dahin, wo sie gebraucht werden."

„Hubschrauberpiloten", murmelte sie. Eine verblasste Erinnerung über einen Artikel bezüglich eines abgestürzten Chinook Helikopters während der Mission zur Ausschaltung von Osama Bin Laden kam ihr in den Sinn. Zum ersten Mal, seit sie Erzählungen über die übrigen Farraday-Brüder gehört hatte, realisiert Meg, wie gefährlich die Welt war, in der Ethan Farraday lebte.

„Da wären wir." Adam stoppte am Rand des Parks. „Was denkst du?"

„Wie eine Zeitreise in die Vergangenheit." Ein üppiger grüner Rasen, umgeben von gepflasterten Wegen und frisch blühenden Blumenbeeten mit einem weißen viktorianischen Pavillon in der Mitte.

„Sie halten hier das ganze Jahr lang Märkte und Festivals ab." Erneut ließ er seine Hand auf ihr Kreuz fallen und leitete ihre Schritte.

Auf der anderen Seite des langen Gebäudes schimmerte ein kleiner Teich im Mondlicht. „Ich wünschte, ich hätte eine Kamera. Mein kleines Handy macht schreckliche Bilder."

Adam zog sein Smart-Phone aus der Brusttasche. „Bitte sehr. Es ist besser als die meisten Kameras."

Was war es nur, dass ihr Herz tanzte und ihr Mund trocken wurde, wenn er lächelte? „Danke." Sie drehte ihm den Rücken zu und musste tief einatmen, als er sich hinter sie stellte und seine Hände auf ihre Schultern legte.

Warum musste er sie immer berühren? Nicht, dass die freundliche Geste unerwünscht wäre, aber ihre Lungen versagten und ihre Hände zitterten bei dem Verlangen, ihn mit den Fingerspitzen zu berühren. Egal wo. Überall.

Reiß dich zusammen, Margaret Collen.

Einem hübschen Gesicht zu verfallen, hatte Meg bereits genug Ärger beschert. Sie hob die Kamera und machte ein Bild des funkelnden Wassers. Noch eines vom Mond am Himmel. Sie nutzte die Gelegenheit, um auf die Bildschirmkamera zu schalten und sah, dass Adam über ihre Schulter in die Ferne blickte. Sie machte ein Foto von ihm. Und noch eines. Sich leicht nach rechts drehend, machte sie ein Foto von einer Ente, die gefolgt von ihren Küken vom Teich wegwatschelten. Bevor sie noch einmal abdrücken konnte, lehnte sich Adam herab und legte seine Lippen an ihr Ohr. Alle möglichen kribbelnden Gefühle fingen an, in ihr hin und her zu rasen.

„Sag, wenn dir kalt wird."

Kalt? Machte er Scherze? Wenn ihr noch wärmer wurde, würde sie in Flammen aufgehen. War sie jemals in ihrem Leben so erregt von den Händen eines Mannes auf ihren bekleideten Schultern gewesen? Von dem Klang seiner geschmeidigen Stimme in ihrem Ohr? Würde er ausrasten, wenn sie sich umdrehte und ihn küsste, bis sie ihn ganz verschlungen hatte?

Gott, sie musste ihre Emotionen im Zaum halten. Sie atmete flach ein, um sich zu beruhigen, und schoss weitere Fotos. Oder tat zumindest so, als würde sie noch weitere Fotos schießen. Da sie die körperliche Verbindung zwischen ihnen nicht auflösen wollte und nicht wusste, ob sie schon einen verständlichen Satz herausbringen würde, blickte sie auf das Handy hinab, um sich die Fotos zu schicken. Ihr Wegwerfhandy konnte die Fotos unbemerkt empfangen. Zumindest hoffte sie da. Und falls sie sich irrte, war ihr das in diesem Augenblick scheißegal. Sie wollte einfach ein Foto dieses starken, gemeißelten Kinns, um sie in kalten einsamen Nächten daran zu erinnern, dass es Orte auf dieser Welt gab, an denen gute Männer existierten.

Warum folterte er sich selbst? Mit jedem Atemzug konnte er den Duft ihres Shampoos riechen. Dasselbe

Vanillearoma, das er schon früher im Café bemerkt hatte. Nur dieses Mal war es mit dem blumigen Duft eines leichten Parfüms vermischt. Ein Duft, der ihn vor Verlangen nach ihr fast in die Knie zwang. Oder vielleicht war es gar nicht das Parfüm. Sondern nur sie. Die Art, wie sie ihren Mund bedeckte, wenn sie versuchte, nicht zu lachen. Die Art, wie ihre Augen beim Anblick der Ente und ihrer Küken aufleuchteten. Wie sie ein Bild von ihm gemacht hatte, als sie dachte, er würde nicht hinsehen.

Gott, er wollte diese Frau. Aber egal wie sehr sie darauf bestand, dass ihr Ex-Verlobter und die abgeblasene Hochzeit vor nur ein paar Wochen der Vergangenheit angehörten, sagte ihm sein Bauchgefühl, dass er es mit einem Fohlen zu tun hatte, das er leicht verschrecken könnte, wenn er zu schnell handelte. Denn gerade wollte er es schnell und hart, und dann noch einmal, sanft und langsam.

Unter seinen Fingern zitterten ihre Schultern und er wagte es nicht zu glauben, dass es wegen ihm war. So früh in der Jahreszeit war die Luft immer noch frisch. Kühl. „Wir sollten wieder zum Wagen gehen.“

„Nur noch eine Minute.“ Ihre Hände bewegten sich schnell. „Letztes … Foto… geschickt.“ Mit einem triumphierenden Lächeln drehte sie sich zu ihm um. „Alles …“ Dunkle hungrige Augen ließen sich auf seinen Lippen nieder. Dann legte sie langsam ihren Kopf zurück und blicke ihm in die Augen. „Alles. Erledigt.“

Sein Handy in einer Hand, ihre andere flach auf seiner Brust ausgebreitet. Ein überraschtes Funkeln tauchte in ihren schieferblauen Augen auf. Hatte sie sein wild pochendes Herz unter ihren Fingerspitzen gespürt? Oder reagierte sie lediglich auf das Verlangen in seinen Augen? Oder vielleicht war es der Beweis dafür, wie sehr er sie wollte, der steif zwischen ihnen emporsprießte.

Was auch immer der Grund war, es gab zwei Alternativen. Tief einatmen, einen Schritt zurücktreten und Abstand zu gewinnen und Meg dann wieder sicher ins Café bringen. Oder die zweite Option, die ihm mehr zusagte. Mit seiner Hand in einer sanften Liebkosung ihre Seite hinunter zu streichen, sie fester ans ich zu drücken, während er den Kopf senkte, ohne den Augenkontakt zu verlieren, bis seine Lippen die ihren berührten. Alles an ihr war perfekt, passte zu ihm, verschmolz mit ihm, fing ihn ein. Ein Feuer loderte in ihm und Meg O'Brien war seine einzige Hoffnung, die Flammen zu ersticken. Zungen berührten und umschlängelten sich; Hände wanderten und erforschten. Als sie leise stöhnte verlor Adam fast das letzte Quäntchen Kontrolle, das er noch über sich hatte; seine Hüften wanderten in einem Tanz so alt wie die Zeit selbst auf sie zu.

Nur noch ein weiterer Kuss. Eine weitere Liebkosung. Eine weitere Sekunde ihres Körpers an seinem. Mehr als alles andere in genau diesem Augenblick wusste er, dass etwas mehr von irgendetwas mit Meg O'Brien nicht genug sein würde.

KAPITEL SECHZEHN

Was zum Teufel machte sie? Meg war mitten in dem verdammt besten Kuss, den sie in ihrem ganzen Leben gehabt hatte – sogar besser als mancher Sex, den sie in ihrem ganzen Leben gehabt hatte. Das war, was zum Teufel sie machte. Und sie wollte verdammt nochmal nicht aufhören.

Dieser Mann wusste, was er tat; seine Hände bewegten sich kaum und doch ließen die leichtesten Berührungen glühendes Feuer in all ihre Nervenenden schießen. Gott, dieser Mann konnte Küssen. Mit jeder Verdrehung seiner Zunge spürte sie das Verlangen zwischen ihren Beinen.

„Meg" – hauchte Adam leise – „Wir sind in der Öffentlichkeit." Er küsste ihre Lippen, den Rand ihres Mundes, bis hinab zu ihrem Kinn und wieder nach oben, bevor er langsam zurückwich. Die Hände immer noch an ihren Hüften hielt er sie nahe bei sich und legte sein Kinn auf ihren Kopf. Langsame abgehakte Atemzüge ähnelten ihrem Versuch, ihre Gedanken und ihren Körper wieder unter Kontrolle zu bekommen. „Du hast keine Ahnung, wie sehr ich hasse, das sagen zu müssen, aber wir müssen langsam machen."

Ihr gesunder Menschenverstand würde ihm zustimmen. Doch in diesem Augenblick war er verschwunden. Tief durchatmend legte sie ihre Stirn auf Adams Brust. Das schnelle Pochen seines Herzes glich dem ihren. Er hatte natürlich recht. Sie waren keine Teenager, die überall herummachen konnten. Er war ein erwachsener Mann und einfach aufzuhören, Öffentlichkeit oder nicht, musste für ihn genauso schwer sein, wie für sie.

„Wir wollen dich nicht, dass die Nachbarn die Polizei rufen."

„Wäre das D.J.?", murmelte sie in sein Hemd.

„Nein. Aber er würde es herausfinden."

Sie lachte fast. „Man muss Brüder einfach lieben."

„Besonders den, der erfahren würde, dass ich wegen anstößigem Verhalten in der Öffentlichkeit verhafte wurde."

Das war fraglich. Was sie anging, war Adam Farraday mehr als sittsam. „Vermutlich." Sie richtete sich in dem Kreis aus seinen Armen auf und jammerte fast, als er sie losließ und einen halben Schritt zurücktrat. „Ich denke, wir sollten wieder nach Tuckers Bluff fahren."

„Ja."

Mit simultanen Bewegungen, die hätten choreographiert sein können, neigten sich ihre Köpfe und beide machten zwei Schritte zurück, genauer gesagt, voneinander weg. In angenehmem Schweigen gingen sie zügig zum Parkplatz zurück. Wie der Gentlemen, der er war, öffnete Adam ihr die Beifahrertür und wartete, bis sie bequem in seinem Truck saß, bevor er auf die Fahrerseite ging und einstig.

Außerhalb der Stadt, auf der geraden leeren Straße, zog ein zufriedenes Lächeln an ihren Mundwinkeln. „Das war schön."

Adams steinerner Blick wurde sanfter.

Sie konnte sehen, wie die Anspannung aus seinen Schultern wich. „Sehr schön."

Ein paar Minuten hinter der Stadt griff er über die Mittelkonsole und nahm ein paar Finger ihrer Hand.

Bis sie halb zuhause waren, waren ihre Hände fest verbunden und die Unterhaltung hatte sich zu Geschichten über das Aufwachsen in der Großstadt und das Aufwachsen auf dem Land verlagert. Keiner von ihnen sprach das Thema ihrer geplatzten Hochzeit, ihrer schlechten Menschenkenntnis oder wie lange sie in der Stadt bleiben und, noch wichtiger, warum sie überhaupt blieb, an.

So viele Fragen lagen ihm auf der Zunge. Und doch versuchte er nicht, Antworten darauf zu bekommen. Nicht jetzt. Nicht heute Abend. Gerade war seine einzige Sorge, sich wieder unter Kontrolle zu bekommen und sie beide zurück nach Tuckers Bluff zu bringen. So wie er sich gerade fühlte, war er sich nicht sicher, ob ein Eiswürfelbad seine Libido zügeln könnte. In seinem Kopf ging er schon die verschiedensten Möglichkeiten durch, ihre gemeinsame Zeit zu verlängern. Kaffee im Café schien am sichersten zu sein. Jeder Vorschlag, der sein oder ihr Zuhause involvierte, barg die Gefahr, dass er seine Hände oder etwas anderes nicht von ihr lassen könnte. Trotz des brennenden Kusses, den sie im Park geteilt hatten, war er nicht überzeugt, dass sie bereit für mehr war.

Sein simpler Plan bezüglich eines späten Kaffees und Gesellschaft zerbrach jedoch, als er in die Stadt fuhr und die Uhrzeit bemerkte. Das Café war bereits dunkel. Er biss die Zähne zusammen und akzeptierte die Tatsache, dass Abbies frühe Schließzeiten dazu führten, dass dieser Abend doch früher anstatt später zu Ende gehen würde. Nachdem er in einem kläglichen Versuch, die gemeinsame Zeit mit Meg hinauszuziehen, langsam die Straße hinuntergefahren war, bog Adam schließlich auf den Parkplatz und stellte seinen Wagen neben dem Aufgang zu ihrem Appartement ab. Ohne ein Wort zu sagen, hüpfte er heraus und eilte zur Beifahrerseite. „Sicher zuhause, holde Dame."

Meg kicherte und er realisierte, wie sehr er dieses Geräusch mochte. Und es erneut hören wollte. Während er erneut über die Möglichkeit einer Einladung nach oben nachdachte, bemerkte er das schwarz-weiße Polizeiauto gemütlich die Straße herauffahren. Als der Wagen am Straßenrand anhielt, richtete Adam sich zu voller Größe auf.

„Was ist los?" Meg drehte den Kopf, blickte über ihre Schulter und folgte seinem Blick. Als sie D.J. aus dem Streifenwagen steigen sah, verkrampften sich ihre Schultern und ihr Griff um seine Hand wurde fast fester. Ihre nervöse Anspannung lag wie eine Aura um sie.

Beide sagten kein Wort und warteten darauf, dass D.J. sie auf dem Parkplatz entdecken würde. Es dauerte auch nur wenige Sekunden, bis der Polizeichef Adams Truck und sie beide daneben erblickte. Als D.J. sich aufmachte, die Straße zu überqueren, machte Meg einen Schritt näher zu Adam.

Die Geste ließ ihn fast lächeln. Es gefiel ihm, dass sie instinktiv näher zu ihm kam, wenn sie Schutz suchte. Es gefiel ihm sehr. „Was bringt dich hierher, kleiner Bruder?"

Da er genauso groß wie sein Bruder war, wusste Adam, dass D.J. es nicht mochte, als *kleiner* irgendwas bezeichnet zu werden. Doch Adam erkannte am Zucken von D.J.s Kiefer, dass das, was ihn hierhergebracht hatte, nichts zum Scherzen war. D.J. machte vor ihnen Halt.

„Abend, Meg." D.J. tippte seinen Hut an. „Könnten wir ein paar Minuten reingehen? Ich muss mit dir sprechen.“

Meg schien zu zögern, als wollte sie nein sagen, dann wanderten ihre Augen zum ersten Stock hinauf. „Ich bin nicht auf Besuch eingestellt.“

Da Adam die Wohnung heut bereits gesehen hatte, wusste er, dass das Appartement bis oben hin vollgestellt war.

„Ich befürchte, das ist offiziell.“ Sein Blick wanderte zu Adam.

Wenn D.J. dachte, Adam würde Meg in dieser Situation allein mit ihm lassen, sollte er noch einmal nachdenken. „Warum machen wir das nicht bei mir drüben? Meine Möbel sind nicht vollgestellt.“

Meg drehte sich mit dankbarem Blick in seine Richtung.

„Ich denke, du weißt, worum es geht.“ D.J. ignorierte seinen Bruder und konzentrierte sich nur auf sie. „Liegt bei dir, Meg.“

Sie nickte und ohne ein Wort zu sagen überquerten die drei fast wie bei einer Militärparade die Straße. Links, rechts; links, rechts. Mit jedem Schritt verdrehte sich Adams Magen mehr. Bevor D.J. aufgetaucht war, hätte Adam es nicht gewagt, Meg noch einmal zu berühren. Außer sie hätten vor, zusammen zu frühstücken. Aber jetzt ließ seine Sorge um sie seinen Arm schützend um ihre Taille wandern. Er hatte diesen Gesichtsausdruck seines Bruders schon früher gesehen. Und wenn man nach der Vergangenheit urteilen durfte, würde der heutige Abend nicht gut für Meg enden.

Meg wollte glauben, dass dieses Bevorstehende Tête-à-Tête nichts war, um das sie sich Sorgen machen musste, aber die Gänsehaut an Arme und Rücken sagte etwas anderes. In unheimlicher Stille überquerten sie die Straße und betraten einer nach dem anderen Adams Wohnung.

Innen war es nicht so, wie sie es erwartet hatte. Während sie langsam die Schwelle überschritt, nahm sie sich Zeit sich umzusehen. Große Ledermöbel zierten das Wohnzimmer – was nicht ungewöhnlich für einen Single war, ebenso wenig wie der große Pub-Tisch aus dunklem Holz mit den dazu passenden Stühlen, der den Essbereich einnahm. Doch es war die moderne Küche mit den espressofarbenen Schränken und marmorierten Arbeitsflächen, die sie überraschten. Die Geräte auf dem Tresen wiesen auf jemanden hin, der Interesse am Kochen hatte. Die Wände zeigten geschmackvolle Fotographien. Schöne Kunst und Kleinigkeiten zierten die Tische und Kommoden und verpasstem dem Ort ein sehr männliches, aber auch heimeliges Ambiente. Irgendwie hatte sie ein antiquiertes Appartement erwartet, wie die Räume, die sie gerade bewohnte, mit übriggebliebenen Möbeln aus Collegezeiten.

Adam ging voraus zum Sofa. Er verzichtete auf Nettigkeiten, wie etwa Getränke oder Essen anzubieten, und Meg ging alle möglichen Gründe durch, warum D.J. in offizieller Angelegenheit mit ihr sprechen wollte. Sie war die erste, die sich setzte. Adam ließ sich neben ihr nieder und D.J. setzte sich auf den Sessel gegenüber von ihnen.

„Worum geht es hier, D.J.?" Adam sprach leise und gleichmäßig. Etwas, was sie vermutlich nicht gekonnt hätte.

Adam war zwar derjenige, der die Fragen stellte, doch Meg war diejenige, der D.J. antwortete. „Ich denke, du hast bereits gehört, dass dein Ex-Verlobter auf Kaution entlassen wurde."

Meg nickte. „Es war gestern Abend in allen

Nachrichten.“

„Was du nicht weißt, ist dass er angeboten hat, für einen Deal Beweise gegen deinen Vater vorzubringen.“

„Nein.“ Das einsilbige Wort klang mehr wie ein Aufschrei als wie eine Verneinung.

Seine Hand bereits zwischen ihnen, rutschte Adam näher zu Meg und legte ihre Hand in seine. „Und woher weißt du das?“

D.J. schüttelte seinen Kopf ein wenig. „Du musst mir wirklich mehr Vertrauen schenken.“

„Und du musst mir wirklich meine Fragen beantworten. Woher weißt du das?“

„Ich habe immer noch Freunde in Dallas. Verbindungen.“ Er musste die Verwirrung in Megs Gesicht bemerkt haben, da er schnell ausführte: „Nachdem ich das Marine Corps verließ, arbeitete ich zuerst bei der Polizei von Dallas.“

Meg nickte, nicht sicher, wie irgendetwas davon Auswirkungen auf sie haben sollte.

D.J.s ernster Gesichtsausdruck wurde etwas sanfter. „Meg, es tut mir leid, aber der oberste Gerichtshof hat heute Anklage gegen deinen Vater erhoben. Aktienbetrug.“

Angst um ihren Vater schnürte ihr die Kehle zu.

„Es wird noch schlimmer.“

Schlimmer? Wie könnte es noch schlimmer werden?

D.J. lehnte sich vor. „Du wurdest als Person von besonderem polizeilichen Interesse deklariert.“

„Ich?“

„Sieht so aus, als beschuldigt Jonathan alles und jeden. Es gab einige fragwürdige Kontobe –“

„Dieser Mistkerl.“ Meg sprang von ihrem Platz auf. „Dieser lügende und betrügende“ – ihre Hände ballten sich zu Fäusten – „Bastard!“

Der Blick, den die beiden Brüder wechselten, war

nicht zu übersehen.

„Was?“ Sie blickte D.J. an. „Was verheimlichst du mir?“

„Ich kann nicht ignorieren, dass du hier in Tuckers Bluff bist“, antwortete D.J.. „Das FBI schickt gerade zwei Agenten her. „Ich soll dich solange in Gewahrsam nehmen.“

Das ist sicher nicht nötig.“ Adam stand auf, stellte sich hinter sie und legte seine Hände auf ihre Schultern. „Sie wird nicht davonlaufen.“

„Sie ist schon einmal davongelaufen.“

„Es ist nicht so, wie du denkst“, murmelte sie.

„Warum sagst du mir nicht, was ich denke?“, sagte D.J. ernst. „Und lass nichts aus.“

KAPITEL SIEBZEHN

Adam saß ruhig da, als Meg alles über den FBI-Agenten in der Kirche vor der Hochzeit und wie sie sich auf der Straße zur Stadt wiedergefunden hatte erzählte.

Ihren fest verschränkten Fingern nach zu urteilen schien sie immer besorgter zu werden, wenn sie über ihren Vater sprach.

„Wir läuft das jetzt ab? Muss er ins Gefängnis?"

„Die Polizei wird ihn basierend auf der Anklageschrift festnehmen. Er wird einem Richter vorgeführt und kann Freilassung auf Kaution erbitten. Ob diese gewährt wird und wie hoch hängt von vielen Faktoren ab. Ich bin kein Anwalt oder Richter."

„Sie braucht einen Anwalt." Adam kannte ein paar gute Anwälte im County. Solche, die Nachlässe verwalteten und kleinere Dispute regelten. Aber keine, denen er Megs Zukunft anvertrauen würden. „Du musst doch jemanden kennen?", sagte Adam zu seinem Bruder.

D.J.s Augen wurden zu schmalen Schlitzen, während er Adam studierte. Er fragte sich genau dasselbe wie Adam. Adam kannte Margaret Colleen O'Brien erst seit zwei Wochen und hatte genau ein offizielles Date mit ihr und doch war er bereit, für sie einzutreten. Wenn D.J. Adam nach dem Grund fragen würde, könnte er keine Antwort geben, doch er wusste, dass er es tun musste. Das war mehr als nur Geilheit auf eine Frau, die ihn mit nur einem Kuss in die Knie zwingen konnte. Vielleicht lag es an der Art, wie sie sich um einen verletzten Hund sorgte, als sie sich das erste Mal begegnet waren. Oder wie sie sich an ihrem ersten Tag im Café für einen Job abrackerte, für den sie nicht ausgebildet war. Oder wie sie zustimmte, mit seiner Tante Karten zu spielen, der – bis vor kurzem – einzigen Frau, die ihm je etwas bedeutet hatte.

„Adam –"

„Kennst du jemanden?", wiederholte Adam.

„Entschuldigt." Meg blickte von einem Bruder zum anderen. „Ich kenne einen Anwalt."

Die einfache Tatsache, dass sie für eine Befragung durch das FBI nicht gegen einen Anwalt protestierte, sagte ihm, dass da noch mehr war, als sie ihm gesagt hatte. Aber Adam weigerte sich zu glauben, dass sie eine Betrügerin war. Das ergab keinen Sinn. Nicht nur, weil es keinen Grund für sie gab, davonzulaufen und zu trauern, wenn sie Mittäterin bei den Machenschaften ihres Ex-Verlobten gewesen wäre, sondern wegen der Art, wie sie sich ihm und dem Rest der Stadt gegenüber verhielt."

„Aktuell will das FBI dich nur befragen, aber Adam hat recht. Es schadet nicht, einen guten Anwalt an deiner Seite zu haben."

Sie senkte den Kopf und zog ihr Handy heraus. Adam beobachtete, wie ihre langen schlanken Finger über den Bildschirm wischten. Als sie ihr Telefon ans Ohr hob, warteten alle. „Hi, Mom. Ja. Es geht mir gut. Nein, ich bin noch nicht bereit, nach Hause zu kommen." Sie blickte zu D.J.. „Mom, ich denke, ich brauche einen Anwalt."

Er war so viele Möglichkeiten durchgegangen, wie der Abend hätte enden können. Dass Meg ein Verhör durch das FBI erwartete, war keine davon gewesen. Widerwillig seine Aufmerksamkeit von Meg und der

Art, wie sie fest das Handy an ihrem Ohr umklammerte, abwendend, blickte Adam zu seinem Bruder.

Nach vorne gelehnt, die Hände locker zusammengelegt zwischen den Knien hängend, stellte D.J. das perfekte Portrait eines unbeteiligten Beobachters da. Doch da Adam seinen Bruder kannte, wusste er, dass D.J. in Alarmbereitschaft war und aufmerksam zuhörte. Und dem Zucken in seinem Kiefer nach zu urteilen, gehörte es vermutlich nicht zum typischen Protokoll, Meg erlauben, mit ihrer Mutter zu sprechen.

In der Tat war Adam sogar der Meinung, dass nichts, was gerade in diesem Wohnzimmer geschehen war, zum üblichen Modus Operandi gehörte. Vermutlich hätte diese Unterhaltung in D.J.s Büro auf dem Revier stattgefunden, wäre es nicht um Meg, sondern eine andere Fremde gegangen, die die Bewohner der Stadt nicht wie eine der ihren aufgenommen hatten. Vermutlich sogar in einer Verhörzelle. Das war kein Gedanke, bei dem Adam verweilen wollte. Jeder Gefängnisfilm, den er je gesehen hatte, zog vor seinem geistigen Auge vorbei. Der Gedanke, dass Meg auch nur wenige Stunden hinter Gitter verbringen müsste, drehte ihm den Magen um. Und er hatte einen stählernen Magen.

„Ich weiß, Mom. Es tut mir leid, dass ich dir Sorgen bereitet habe." Megs Worte zogen Adams Aufmerksamkeit wieder zurück auf sie. Er konnte sich nur vorstellen, was seine Familie durchmachen würde, wäre einer von ihnen wortlos verschwunden.

Meg drehte sich um, wühlte durch ihre Tasche und zog einen Stift und Papier heraus. „Leg los."

D.J.s blick war weiter auf Meg fixiert. Dachte er wirklich, sie würde etwas Hinterlistiges versuchen? Kodierte Nachrichten hinterlassen? Geheime Informationen preisgeben? Oder vielleicht sie beide überwältigen und flüchten?

Für Adam war es das Schlimmste, sich völlig hilflos zu fühlen. Sein ganzes Leben lang hatten die Farradays nach dem Kredo gelebt, *wo ein Wille ist, ist auch ein Weg.*" Sein Vater hatte sie alle angespornt, ihre Träume zu verfolgen, egal welche Herausforderungen auf sie warten würden. Alles konnte mit Muskelkraft und etwas Hirnschmalz bewältigt werden. Bis auf das hier.

Als er seine Aufmerksamkeit von Meg wieder auf seinen Bruder richtete, fiel ihm ein helles Licht auf. Aus dem Fenster blickend suchte er nach der Quelle. Um diese Uhrzeit war die einzige Lichtquelle auf der Straße das Schild des Silver Spurs Cafés. Noch ein Lichtblitz, nur dieses Mal zog er eine Linie, bevor er verschwand.

„Was ist?", fragte D.J. den Augen seines Bruders folgend.

„Ich weiß nicht."

Sekunden vergingen und Adam fragte sich, ob das noch einer dieser unerklärlichen Vorfälle war, genau wie der Hund. Und da war das Licht erneut.

Er und D.J. sprangen auf und drehten sich zu Meg.

„Häng auf", befahl D.J..

Megs Augen wurden weiß vor Überraschung.

„Sofort."

„Ähm, ich muss los, Mom. Ich rufe bald wieder an. Ich verspreche es." Sie wischte über das Handy und mit furchterfüllten Augen drehte sie sich zu Adam.

„Erwartest du jemand bei dir?", fragte Adam.

Meg schüttelte den Kopf.

Adam und D.J. blickten sich an und D.J.s Kinn senkte sich zustimmend. Jemand schnüffelte mit einer Taschenlampe in Megs Wohnung herum und sie mussten ihn erwischen, bevor er Meg erwischte.

D.J. öffnete sein Holster und drehte sich zu Meg.

„Du bleibst hier. Beweg dich nicht. Ruf niemanden an. Und bleib vom Fenster weg."

„Aber –"

„Bleib hier", fügte Adam hinzu, bereits hinter seinem Bruder auf halbem Weg zu Tür.

Butler County war nicht immun gegen Verbrechen. Besonders nicht in den wachsenden größeren Städten, doch Einbruch war für Tuckers Bluff ungewöhnlich. Was auch immer diese Gestalt im Schilde führte, Adam war sich ziemlich sicher, dass es etwas mit Megs Ärger mit dem Gesetzt zu tun hatte.

Am Fuß der Kliniktreppe beendete D.J. den Anruf im Revier und drehte sich zu Adam. „Nur für den Fall, dass das Arschloch die Straße beobachtet, werde ich von Osten kommen. Du gehst nach hinten in die Gasse und dann ein paar Häuser weiter in die andere Richtung, bevor du die Straße überquerst. Wir treffen uns dann an der Hintertür des Cafés. Wenn du die Straße überquerst, verhalte dich ganz normal, so als hättest du dir nur eine Tasse Zucker geborgt und wärst auf dem Weg nach Hause. Verstanden?"

Verstanden." Es dauerte nicht lange, den Plan durchzuführen. Als Adam sich dem Café näherte, hatte D.J. bereits Posten neben ein paar Büschen am Rand des Grundstücks bezogen. Seine Position erlaubte ihm freie Sicht auf beide Türen. Adam sah sich nach Anzeichen für weitere Personen um. Jetzt, wo er darüber nachdachte, wussten sie nicht einmal, wie viele Personen da oben waren.

„Ich habe einen unbekannten Wagen vor dem Cut and Curl stehen sehen. Esther prüft gerade das Kennzeichen", sagte D.J. leise. „Ein Kaffeebecher. Eine angefangene Tafel Schokolade. Sonst nicht viel. Ich würde sagen, dass, wer auch immer da oben ist, allein ist."

„Denkst du, das hat etwas mit dem Schlamassel zu

tun, in dem Meg steckt?"

„Ist der Papst katholisch?"

„Ja. Das dachte ich mir. Irgendeine Idee, wer es ist?"

D.J. zuckte mit den Achseln. „Letzte Woche ist ein Privatdetektiv in der Stadt gewesen und hat nach ihr gesucht."

„Was?" Adam vergas fast, leise zu sprechen.

„Das war der Grund, warum ich etwas herumtelefoniert und in Dallas ein paar Gefallen eingefordert hatte."

„Warum hast du mir nichts gesagt?"

„Falls du es vergessen hast, ich bin der Polizeichef. Du der Veterinär. Dir Bericht zu erstatten steht in keiner unserer Jobbeschreibungen." D.J. atmete tief aus. „Außerdem, woher sollte ich wissen, dass du dich Hals über Kopf in eine völlig Fremde verliebst?"

Adam könnte abstreiten, dass er sich Hals über Kopf verliebt hatte, aber das wäre eine dreiste Lüge. Die andere Möglichkeit war, zuzustimmen – für ihn war Meg einfach perfekt. Aber wenn ihm sein Leben lieb war, sollte Adam diese Aussage besser ignorieren. Fürs Erste. „Also denkst du, es ist der Privatdetektiv?"

„Vielleicht."

„Oder?" Adam blickte über die dunkle Straße hinüber zur Klinik und betete zu Gott, dass das alles nur ein Albtraum war.

D.J. zog seinen Revolver aus dem Holster. „Es könnte jeder sein. Und ich meine *jeder*, also will ich nicht, dass du so tust, als wären wir zehn und würden Cowboys und Indianer spielen."

„Mir gefällt der Gedanke nicht, dass du allein gehst."

D.J. blickte zum ersten Stock hinauf und einen kurzen Augenblick konnte Adam Bedenken in den Augen seines Bruders sehen. „Eins gegen eins. Die

Chancen stehen gut. Halt deine Augen einfach nach Reed offen."

Adam nickte, aber es gefiel ihm nicht zurückzubleiben. Kein bisschen.

Meg war sich nicht sicher, wann sie je so verängstigt gewesen war. Mit jeder neuen Situation an diesem Abend war ihre Angst größer geworden. Zuerst, als D.J. sagte, er musste in offizieller Angelegenheit mit ihr sprechen, dann als sie erfuhr, dass ihr Vater angeklagt worden war, und noch mehr, als herauskam, dass Jonathan versuchte, sie ebenfalls hineinzuziehen, um seinen Hintern zu retten. Aber nichts davon war vergleichbar mit der lähmenden Furcht, die sie überkam, als sie Adam und seinen Bruder in die Dunkelheit hinter dem Café verschwinden sah, um es mit demjenigen aufzunehmen, der in ihr winziges Appartement eingebrochen war.

Wie konnte ein Mann ihr so schnell so viel bedeuten? Oh, sie war auch um D.J. besorgt. Er schien ein netter Kerl zu sein. Die ganze Farraday-Familie bestand nur aus netten Menschen. Aber am meisten sorgte sie sich um Adam. Die letzte Woche hatte sie in der Mittagspause zu viel Zeit damit verbracht, aus dem Fenster zu schauen und sich zu wünschen, dass er vorbeikommen und sich einfach zehn Minuten über nichts Spezielles mit ihm unterhalten würde. Mit jedem Tag, der verging war dieser Wunsch größer geworden. Die Vorfreude auf ihr Date hatten sie zu einem aufgedrehten Teenager werden lassen. Und die Realität war jedes Quäntchen aufgestauter Energie wert. Sie könnte sich ganz leicht in Adam Farraday verlieben. Verdammt, wem machte sie etwas vor? Sie tat es bereits.

Händeringend sprach sie ein leises Gebet für die Männer, die sich für sie in Gefahr brachten. Sie öffnete die Augen gerade rechtzeitig, um zu sehen, wie D.J. aus seinem Versteck kam und die Treppe hinaufschlich. Er hatte etwas in der Hand. Guter Gott, seine Waffe. Aus den Augenwinkeln sah sie, wie Adam sich in Bewegung setzte und zur anderen Seite ging. Sie musste ihre Hand auf ihr rasendes Herz legen, um es davon abzuhalten aus ihrer Brust zu springen. Das war alles ihre Schuld und diese zwei Macho-Brüder erwarteten, dass sie einfach wartete und die Geschehnisse durch ein großes Fenster beobachtete als wäre es ein Film. Nur, was konnte sie tun, um zu helfen? Sie blickte sich im Zimmer um und suchte nach etwas, irgendetwas, um es mit dem Eindringling aufnehmen zu können.

Wollte sie wirklich wie ein unbewaffneter, dummer Nebencharakter aus einem schlechten Horrorfilm in ihre Wohnung stürmen? Nie tun, was man ihr sagte? Alles nur schlimmer machen? Noch mehr Leute in Gefahr bringen? Sie ging wieder zurück zum Fenster. Ihre Frustration wuchs an. D.J. war fast oben an der Treppe angekommen. Die Taschenlampe ging wieder an und verschwand erneut, als hätte der Eindringling den Raum gewechselt. Sie konnte spüren, wie sie bei dem Gedanken, dass ein Fremder ihre Sachen durchwühlt, Gänsehaut bekam.

Während sie den Schauer, der ihr den Rücken hinunterlief, wegschüttelte, bemerkte Meg noch etwas. Ein Auto, das die Straße heraufkam. Langsam. Mit ausgeschalteten Scheinwerfern. Konnte dieser Alptraum denn noch schlimmer werden?

KAPITEL ACHTZEHN

Reed Taylor parkte den Streifenwagen so nah wie möglich am Silver Spurs Café. Der Vollmond würde es erschweren, sich anzuschleichen, sollte jemand aufpassen. Und er hatte keine Zweifel, dass bereits mehr als ein Bürger von Tuckers Bluff durch die Vorhänge spähte.

D.J. hatte Reed gerade geschrieben, dass er oben an der Tür angekommen war und darauf wartete, dass Reed sich in Stellung brachte. Je näher er kam, umso einfach war es, Adam auszumachen, der an der Hintertür Wache stand. Wenn der Einbrecher versuchte, das Appartement nicht über den Haupteingang zu verlassen, müsste er durch das Café gehen, um zum Hintereingang zu gelangen. Die Chancen, dass das passierte, waren gering, es war gut, dass Adam ihn nichtsdestotrotz bewachte.

Reed kauerte sich neben Adam. „Etwas, das ich wissen muss?"

„Nichts neues. Du weißt vermutlich mehr als ich."

Reed hob einen großen Stein neben der Hintertür hoch, nahm den Schlüssel darunter, steckte ihn ins Schloss und öffnete die Tür. Vorsichtig schlich er in den Gang hinter dem Café, bereit, die Innentreppe zu erklimmen. Adam war dicht hinter ihm. Der Plan war, dass Reed und D.J. die Wohnung gleichzeitig von beiden Seiten stürmten. „Du bleibst hier."

„Auf keinen Fall."

„Wir wissen nicht, mit was wir es zu tun haben. Du bist unbewaffnet."

„Nicht mehr." Adam zog einen Revolver aus seinem Gürtel

„Wo hast du den her?"

„Handschuhfach. Ich habe einen Waffenschein."

Reed hatte zwei Optionen. Die Aktion zu verzögern, indem er mit einem sturen Farraday diskutierte oder weitermachen und hoffen, dass Adam wusste, wie er mit dem Ding in seiner Hand umzugehen hatte. Alle Farraday-Jungs und auch das eine Mädchen konnten eine Klapperschlange aus fünf Meter Entfernung treffen. Wenn Adam also schießen musste, würde er sein Ziel nicht verfehlen.

Oben an der Treppe presste sich Adam an die Wand und hielt den Atem an. D.J. und Reed riefen: „Polizei." Türen schlugen auf. Adam beobachtete, wie zwei Männer mit gezückten Waffen den Raum stürmten und die Ecken absuchten. „Sauber", rief D.J. und ging weiter in den Raum. Reed näherte sich der geschlossenen Küchentür, schlug sie auf und verkündete: „Sauber." Als beide Beamte außer Sicht im Schlafzimmer waren, überquerte Adam vorsichtig die Schwelle, bereit für den Fall, dass der Einbrecher sich an seinem Bruder vorbeigeschlichen hatte.

Reed und D.J. kamen kopfschüttelnd zur Tür.

„Niemand hier", berichtete D.J.

„Das ergibt keinen Sinn." Adam blickte sich im Zimmer um und erwartete fast, dass der Eindringling von dem nichtexistierenden Kronleuchter fallen würde.

„Das Auto stand immer noch vor dem Cut and Curl, als ich angekommen bin", bestätigte Reed.

D.J. kniff die Augen zusammen, als er die Situation bewertete. „Wir hatten ihn nur ein paar Sekunden nicht im Blick, als wir die Klinik verließen. Wenn er es zum Auto geschafft hätte, wäre er schon längst weg."

„Wenn er verschwunden wäre, als wir die Straße überquerten, hätte einer von uns ihn gesehen", fügte Adam hinzu.

„Was bedeutet –", warf Reed ein.

„Bastard", riefen D.J. und Adam im Einklang.

Adam machte kehrt und stürmte die Treppe hinunter, dicht gefolgt von D.J. und Reed. Der Bastard musste sich im Café versteckt haben, während sie sich vor Megs Appartement positioniert hatten. Dann, als er und Reed nach oben gegangen waren, musste der Kerl geflohen sein. Schneller als es ihm möglich erschien, rannte Adam direkt zu Vordertür. Scheiße. Offen. Ohne langsamer zu werden und bereits zur Klinik rennend blickte Adam die Straße hinunter. Das Auto, dass D.J. entdeckt hatte, hatte sich nicht bewegt. Sofort schoss sein Blick zu den dunklen Fenstern seines Wohnzimmers. Verdammt.

Wie lange würde das noch dauern? Falls, Gott behüte, etwas schieflief, konnte Meg niemanden anrufen. Beide Polizisten waren in ihrer Wohnung. Zusammen mit Adam. Und wenn sie versuchte, Esther, die Fahrdienstleiterin, zu erwischen, könnte es Stunden dauern, bis die Polizei aus der nächsten Stadt eintraf.

„Du siehst heute gut aus, Margaret."

Meg wirbelte herum und ihre Hand ließ vom Vorhang ab. Die Stimme kam aus Richtung der Vordertür.

„Schau nicht so überrascht. Du musstest doch wissen, dass ich es war, der in deiner Wohnung herumgeschnüffelt hat."

„Jonathan." Ihr schleimiger Ex lehnte entspannt am Türstock. Anstatt krank vor Sorge wegen seiner bevorstehenden Haftstrafe zu wirken, sah er fast ... amüsiert aus.

„Was machst du hier?"

„Das sollte ich dich fragen. Als dieser überteuerte Privatdetektiv sagte, dass du in einer Kleinstadt in West Texas als Kellnerin in einem Café arbeitest, konnte ich ihm nicht glauben. Aber in Texas konnte es keine zweite rothaarige Schönheit wie dich geben."

Sie verkniff sich das obligatorische Danke. „Du hast meine Frage nicht beantwortet. Was machst du hier?"

„Natürlich nach dir suchen, meine hingebungsvolle geliebte Braut." Nichts von dem, was Jonathan sagte, beruhigte sie. „Und nach meinem Auto."

„Auto?" Selbst mit einer langjährigen Haftstrafe wie ein Damoklesschwert über ihm hängend, dachte dieser Mann immer noch an diesen dummen Sportwagen.

„Na ja, eher nach der Million Dollar, die darin versteckt ist."

„Eine Million ..." Welcher Idiot läuft mit einer Million Dollar herum? „In bar?"

„Wie sonst?" Er zog eine Augenbraue hoch und Meg widersetzte sich dem Drang, ihre Arme um sich zu legen. Wieso hatte sie diesen herablassenden Ausdruck in seinem Blick zuvor noch nicht bemerkt? Immer wenn er dachte, dass etwas, was sie gesagt hatte, unangemessen war, war diese dumme Augenbraue wie ein Bogen des McDonalds Logos nach oben geschossen und hatte sie und ihre angebliche Dummheit verurteilt. Doch dieses Mal war er der Dumme. In der Karibik gab es genügend Banken, die prädestiniert waren, große Geldsummen zu verstecken. Sie wollten ihre Flitterwochen in Paris verbringen. Was wollte er mit all diesem Bargeld machen?

„Ich kann hören, wie sich die Rädchen in deinem

Kopf drehen. Weißt du, dass eine Million Dollar in eine Einkaufstüte passen?" Er nickte. „Das tut sie."

„Das, ähm, wusste ich nicht."

„Ja. Im Kofferraum einfach zu übersehen. Auf unserem Weg zum Flughafen hatte ich vor, es in einem Bankschließfach zu deponieren. Dem, das wir beide vor Kurzem gemietet hatten."

Dieses Mal nickte sie. „Für wichtige Papiere."

„Und einer Absicherung."

„Absicherung?" Sie verstand nicht.

„Für die Zukunft."

Sie war nicht dumm, aber sie war definitiv verwirrt. „Was hat ein Bankschließfach mit einer Absicherung für die Zukunft zu tun?"

Ein leeres, tiefes, fast verrücktes Lachen erfüllte den Raum. „Du warst schon immer so leicht ablenkbar. Das Schließfach ist nur ein Werkzeug. Solltest du nicht wegen des Geldes neugierig sein? Oder hat es dir dein letztes bisschen Hirn geraubt, in dieser Stadt voller Hinterwäldler zu leben?"

Hatte er sie schon immer für dumm gehalten? Hatte sie die Anzeichen nicht gesehen? Oder wünschte sie sich so sehr, verliebt zu sein, dass sie ihren gesunden Menschenverstand abgeschaltet hatte? „Nichts davon erklärt, warum du eine Million Dollar in dem Wagen versteckt hast." Sie musste nicht fragen, woher er es hatte. Das war offensichtlich. „Und warum willst du es jetzt?"

„Keiner von diesen uralten Geiern hätte die Details in dem Bericht bemerken sollen. Wer hätte schon wissen können, dass einer von ihnen einen Versicherungsfachmann als Enkel hatte, der darauf bestand, all ihre Investitionen bis aufs letzte durchzurechnen. Es hätte Jahre, Jahrzehnte dauern sollen, bevor die Unstimmigkeiten ans Licht kommen würden. Die meisten Einnahmen sind bereits auf den

Cayman Islands. Aber nur für den Fall, dass ein Fall wie dieser eintrifft, brauchte ich zusätzliche Beweise für die Behörden, dass jemand anders das Gehirn hinter dieser Operation war. Jemand anders muss etwas Geld beiseitegeschafft haben."

Die Puzzlestücke formten sich zu einem Bild und dieses Bild gefiel ihr nicht. „Das Schließfach."

Jonathan tippte sich mit einem Finger auf die Nase. „Gebt dem Mädchen einen Pokal. Natürlich haben sowohl du als auch dein Vater Offshore Konten mit großen Geldsummen. Das Schließfach ist nur ein kleiner Bonus. Quasi das Sahnehäubchen."

„Du willst es *mir* anhängen?" Das brachte ihr Blut zum Kochen. Als D.J. sagte, dass Jonathan dem Staat Beweise im Gegenzug für Haftverschonung vorlegen wollte, dachte sie, er würde auf Zeit spielen. Ihr war nicht in den Sinn gekommen, dass er Beweise gegen sie platzieren würde.

Jonathan zuckte mit den Achseln, um seine Gleichgültigkeit kundzutun. „Euch beiden. Im Krieg und in der Liebe ist alles erlaubt. Und wenn es um Geld geht ebenfalls.

Beiden? Beiden. Dann war die Aussage ihres Daddys, die sie gehört hatte, wirklich nur ein unschuldiger Kommentar. Erleichterung überkam sie, stärker als die Furcht, die sie hatte erstarren lassen.

Jonathan kam die letzten Meter auf sie zu. „Aber das Ganze hat sich schneller gewendet, als ich erwartet hatte. Ich brauche dieses Geld jetzt, um mir einen Weg hier raus zu erkaufen. Und du" – er stand ihr nahe genug gegenüber, dass sie seinen warmen Atem auf ihrer Haut spüren konnte – „du bist mein sicherer Weg hier raus. Also, wo ist das Auto?"

Adam sprintete die Treppe zu seiner Wohnung hinauf. Auf halbem Weg drang ein Schrei in seine Ohren, gefolgt von etwas, das wie ein brüllender Bär klang. Adam kannte das Geräusch menschlicher Wut nur zu gut. Er packte den Handlauf, um sich vorwärts zu stoßen, während er die Vorstellung einer durch dieses Arschloch, das er sich durch die Finger gehen ließ, verletzten Meg.

Ein gedämpfter Schrei war durch die Tür zu hören, bevor er sie auftrat. Statt durch den brutalen Angriff eines Verrückten wurde Adam von einem qualvollen Stöhnen und einer wütenden Frau begrüßt, die mit seinem Golfschläger über einem zusammengekauerten Mann stand, der sich den Schritt hielt."

„Du Jammerlappen." Den Golfschläger immer noch wie die Keule eines Höhlenmenschen über ihrem Opfer schwingend, trat sie auf den Mann ein, während er am Boden lag. „Du hast mich dazu gebracht, an meinem Vater zu zweifeln. Ich habe mich wegen dir wie ein verängstigtes Rehkitz versteckt. Du hast versucht, uns zu ruinieren."

Sein geliebtes Neuner Eisen war gerade dabei, wieder auf ihren Ex – zumindest vermutete Adam, dass der Mann ihr Ex war – herab zu sausen, als Adam seinen Arm um Megs Taille warf und sie zur Seite zog. „Ich denke, er hatte genug, Wonder Woman."

Schritte waren auf der Treppe zu hören und D.J. war der nächste, der den Raum die Waffe gezückt betrat. Reed war zusammen mit zwei Männern, die Adam nicht erkannte direkt hinter ihm. Meg wand sich in seinem Griff. „Lass mich los."

„Nicht, bis du versprichst, den Kerl in Ruhe zu lassen. Lass die Polizei das regeln."

D.J. stand bereits über Jonathan und riss seine Hände hinter seinen Rücken, bereit, ihm seine Rechte vorzulesen. Als D.J. den Kerl auf die Beine gestellt hatte, steckte Reed die Waffe weg und drehte sich zu den beiden Männern hinter ihm. „Wir treffen Sie auf dem Revier."

Beide nickten und drehten sich wortlos zur Treppe.

Immer noch in seinen Armen lockerte Adam seinen Griff um Meg und gab ihr Freiraum, sich umzudrehen. Überzeugt, sie würde ihn verprügeln, weil er sie von ihrem Ex weggezogen hatte, war er überrascht, als sie sich an ihn lehnte und ihren Kopf auf seine Schulter legte. „Wie konnte ich nur glauben, ihn zu lieben?"

Und wie antwortete er auf diese Frage? Er rieb ihr beruhigend mit einer Hand über den Rücken und küsste ihre Stirn.

D.J. gab seinen Gefangenen an Reed weiter. „Nimm ihn. Ich komme gleich nach.

Der Officer und Jonathan folgten demselben Weg wie die beiden Fremden.

Als sie weg waren, wandte D.J. sich an seinen Bruder. „Ist sie in Ordnung?"

Adam nickte; er hoffte es auf jeden Fall. „Wer sind die beiden Kerle, die du aufgegabelt hast?"

„FBI."

KAPITEL NEUNZEHN

In Megs Kopf drehte sich alles. In ihrer Welt war es so lange rundgegangen, dass ihr zurecht schwindelig sein durfte. Besonders in Gegenwart von Adam. „Es ist spät", sagte sie ihm. „Ich sollte nach Hause gehen."

„So spät ist es noch nicht." Wie er so auf dem Polizeirevier am Schreibtisch seines Bruders neben ihr saß, erinnerte Adam sie an einen treuen Hund. Im Speziellen an einen beschützerischen Deutschen Schäferhund. So oder so, sie war dankbar, dass er bei ihr war, selbst wenn sie sich immer etwas aus dem Gelichgewicht fühlte, wenn er in ihrer Nähe war.

Die ganze Nacht kamen Anrufe herein. Nachdem sie Jonathan weggesperrt hatten, waren die zwei FBI-Agenten für etwa eine Stunde mit D.J. und Reed in einem Raum verschwunden. Zuerst stand nur ihr Wort gegen das von Jonathan und die Agenten schienen den Behauptungen, dass die Geschehnisse des Abends nur ein großes Missverständnis waren, nicht wirklich Glauben schenkten. Trotzdem waren sie nicht gewillt zu glauben, dass Meg ebenso wie die Klienten ihres Vaters nur ein Opfer von Jonathan war. Das Positive jedoch war, dass sie noch niemand festgenommen hatte. Das musste ein gutes Zeichen sein.

In den letzten dreißig Minuten war auch Esther in dem verschlossenen Raum. Jetzt setzte Meg all ihre Hoffnung auf die Fahrdienstleiterin. Als die Tür sich öffnete und D.J. und Esther herauskamen hielt Meg den Atem an, bis Esther nickte und lächelte.

„Okay." D.J. kam in sein Büro und setzte sich an seinen Schreibtisch. „Du bist nicht verhaftet. Und dein Vater sitzt seit mehreren Stunden mit den Agenten in Dallas zusammen. Es scheint so, als hätte er, sobald er aus dem Gericht kam, eigene Privatdetektive engagiert, um Cox' Background durchleuchten zu lassen. Es stellte sich heraus, dass Cox nicht einmal sein richtiger Name ist."

„Nicht dein Ernst?" Tausende von Gedanken rasten ihr durch den Kopf. Jetzt ergaben so viele Dinge Sinn. Jonathans Mangel an Freunden, was gar nicht zu seiner charmanten und geselligen Art passte. Dass er immer bar oder mit ihren Kreditkarten zahlte. Dass er nie über seine Familie oder seine Kindheit sprechen wollte. Sie hatte angenommen, dass er ein zerrüttetes Elternhaus hatte. Wie viele andere Anzeichen hatte sie noch übersehen?

„Und das ist auch nicht die erste Betrugsmasche, in die er verwickelt war", fügte D.J. hinzu.

„Also" – Adam lehnte sich vor – „Ist Meg vom Haken?"

D.J. nickte und sah Meg an. „Dein Vater ebenfalls. Es war wirklich genial, Esther anzurufen, als Cox aufgetaucht ist."

„Ich hatte sie auf Kurzwahl für den Fall, dass ihr Hilfe brauchen würdet. Ich hatte daran gedacht, zu ignorieren, was Adam gesagt hatte, und euch zu folgen. Ich habe sogar nach etwas gesucht, was ich als Waffe benutzen könnte."

„Den Golfschläger?", fragte D.J..

Meg nickte. „Ziemlich dumme Idee. Ich entschied mich aber, dass euch im Auge zu behalten und bereit zu sein, Esther anzurufen, sollte es Ärger geben, die klügere Idee wäre. Das Handy war in meiner Hand und der Golfschläger lehnte neben dem Vorhang. Ich denke, Jonathan hatte keines von beiden bemerkt. In dem Augenblick, als ich Jonathans Stimme erkannte, drückte ich auf Wählen und stellte das Telefon auf lautlos."

„Dein Glück", unterbrach D.J., „alle eingehenden Anrufe werden aufgezeichnet. Die Unterhaltung muss noch offiziell transkribiert werden, aber fürs Erste hat Esther alles bestätigt, was du und Jonathan gesprochen habt."

„Ich hatte gehofft, dass sie es hören konnte. Ich hatte Angst, dass wir zu weit vom Telefon entfernt wären."

„Das Wichtige war deutlich zu verstehen. Aber das alles ist noch nicht vorbei. Technisch gesehen steckst du immer noch mitten in einer laufenden Ermittlung."

„Wird sie einen Anwalt brauchen?", fragte Adam.

D.J. schüttelte den Kopf. „Nein. Die Behörden sind überzeugt, dass Cox allein gehandelt hat. Aber Meg wird eine Aussage in dreifacher Ausführung für alle am Fall beteiligten Behörden abgeben müssen. Wir müssen natürlich noch den Bericht über den Vorfall von heute Nacht verfassen, aber Meg sollte Pläne machen, nach Dallas zurückzukehren."

„Wenn sie aus dem Schneider ist", fragte Adam, „warum muss sie dann nach Dallas?"

„Du meinst, außer dass ihr Leben und ihre Familie in Dallas sind?"

Einen kurzen Augenblick lang verschwand jegliche Farbe aus Adams Gesicht. Sein erschrockener Gesichtsausdruck spiegelte den erschreckenden Eindruck wider, den D.J.s unverblümte Aussage auch auf Meg hatte. Die Erleichterung, dass sie und ihr Vater nicht länger Verdächtige waren, verblasste, als die Realität in den Vordergrund trat. Ihre Realität. Tuckers Bluff war nicht ihre Welt. Und auch nicht ihr Leben.

Adam fixierend, fuhr D.J. fort. „Meg muss in ihren Büros in Dallas immer noch die Fragen des FBI und der Börsenaufsicht zu den gemeinsamen Vermögenswerten beantworten –"

„Und Verlusten", fügte sie hinzu. Das finanzielle Fiasko, das Jonathan verursacht hatte, verblasste im Vergleich zum großen Ganzen – zu verlieren, was sie in Tuckers Bluff gefunden hatte. Wen sie gefunden hatte. Irgendetwas passierte in ihr. Ihr wurde bang ums Herz und eine beklemmende Leere breitete sich in ihrer Brust aus. Wenn sie sich falsch entschied, könnte ihre neue Realität schlimmer werden als alle Kontoauszüge der Welt.

Der Streifenwagen stoppte vor dem Diner. Sehr zu Adams Verwunderung waren die Lichter an und das *Geöffnet*-Schild leuchtete. Abbies beigefarbener Kombi stand auf seinem üblichen Parkplatz.

D.J. zog die Handbremse an. „Neuigkeiten über zwei Polizeiautos, zwei Bundesagenten und einen schreienden Gefangenen auf den Straßen von Tuckers Bluff verbreiten sich schnell. Abbie rief an, um sicherzustellen, dass es dir gut geht. Ich habe möglicherweise erwähnt, dass du vielleicht eine Freundin gebrauchen könntest."

Dankbare Augen blickten D.J. an. „Das war aufmerksam von dir."

Aufmerksam war ein Wort dafür. Leider machte es die Sache nicht einfacher, ein paar Minuten allein mit Meg reden zu können. Ziemlich bald würde die halbe Stadt wach sein und sich im Café einfinden und Adam hatte immer noch keine Ahnung, ob Meg früher oder später nach Dallas zurückkehren würde. Für einen

Besuch oder dauerhaft. Letzteres belastete ihn sehr. Sein Dad hatte seinen Söhnen immer erzählt, dass in der Sekunde, in der er Helen Callahan das erste Mal erblickt hatte, die Welt um ihn herum stehengeblieben war. Im nächsten Augenblick, als Adams Mom seinen Dad mit ihren wunderschönen irisch-grünen Augen fixiert und ihm befohlen hatte, seine dreckigen Stiefel von ihrem frisch gewischten Boden zu nehmen, hatte er sich Hals über Cowboyhut in sie verliebt. Sein Vater hatte daraufhin die nächsten sechs Monate gebraucht, sie zu davon zu überzeugen, was er schon nach fünf Minuten gewusst hatte – dass sie füreinander bestimmt waren.

Wenn Adams Angst begründet war, hatte er vielleicht nicht einmal fünf Minuten, um Meg zu überzeugen, ihm eine Chance zu geben, ganz zu schweigen von sechs Monaten.

Sie waren kaum aus dem Wagen gestiegen, als Abbie aus dem Café gestürmt kam, auf Meg zuraste und sie in eine mütterliche Umarmung zog. „Ich habe mir solche Sorgen gemacht. Ich wusste, dass da ein Unhold in deinem Leben war. Ich wusste es einfach."

Ein sarkastisches Kichern entkam Megs Lippen. „Wohl eher *Dieb*."

Abbie ließ Meg langsam los und drehte sich zum Café. Die beiden gingen Seite an Seite wie beste Freunde. „Das schreit nach einer besonderen heißen Schokolade."

„Ich denke nicht."

„Mit Baileys", fügte Abbie lächelnd hinzu und drehte sich dann zu D.J. um. „Du hast das nicht gehört Chief Farraday."

D.J. lachte leise und sagte zu Adam: „Als wüsste ich nichts von ihrem *besonderen* Vorrat. Ich muss wieder zurück zu dem Berg aus Papierkram. Ihr kommt klar?"

Adam nickte, auch wenn er sich nicht ganz sicher war.

„Willst du hier auf dem Parkplatz stehenbleiben?"

Seinen Blick von den zwei Frauen abwendend, die in Richtung Café gingen, drehte sich Adam zu seinem Bruder. Die jüngsten Ereignisse hatten ihm jeglichen klaren Gedanken geraubt.

„Ach, um Himmels Willen. Wenn du sie willst, dann geh ihr nach." Kopfschüttelnd drehte D.J. sich um und stieg in seinen Wagen, während er etwas darüber murmelte, dass „auch die Mächtigsten stürzen."

Adam hatte keinen Plan, was er jetzt tun sollte, doch sein Bruder hatte mit einer Sache recht. Er würde nie herausfinden, was sein könnte, solange er hier herumstand. Bis er das Café schließlich betrat, saß Meg bereits an einem Tisch und telefonierte.

Sein Blick fiel auf Abbie. Hinter dem Tresen beschäftigt, nickte sie und deutete mit dem Kopf in Megs Richtung, um ihn dazu aufzufordern, zu ihr zu gehen.

„Ja, Daddy. Es tut mir leid."

„Wenn du dir die Zeit genommen hättest, mich anzurufen, hätte ich dir gesagt, was vor sich ging, Margaret Colleen." Ihr Vater sprach so laut ins Telefon, dass selbst Abbie ihn vermutlich noch hören konnte.

„Ich wollte dich beschützen."

„Kleines, wage es nie wieder wegzulaufen und deine Mutter oder mich von deinen Problemen auszuschließen. Hörst du mich?"

„Ja, Daddy."

Adam setzte sich schweigend, während sie ihrem Vater vom Wagen, der Rechnung, ihren Geldproblemen und ihrer Einkünfte durch die Arbeit im Café erzählte. Immer wieder hob sie ihre betrübten Augen und blickte in seine, bevor sie sie wieder auf die Gabel, die sie zwischen ihren Fingern kreisen ließ, senkte.

„Ich komme bald heim, Daddy. Ja. Ich verspreche es.“

Nach ein paar weiteren liebevollen und unterstützenden Worten legte Meg auf.

„Bist du in Ordnung?“, fragte Adam.

„Immer noch etwas neben mir, denke ich.“

Abbie kam herüber und stellte zwei dampfende Tassen heißen Kakaos vor sie. „Trinkt langsam. Ich bin zwar nicht so gut wie Frank, aber ein paar Rühreier kann ich zubereiten. Trinkt das, um eure Nerven zu beruhigen und dann bringe ich euch etwas zu Essen. Niemand hat je kluge Entscheidungen auf leeren Magen getroffen.“

Adam nahm seinen Mut zusammen. Doch er war nicht sicher, ob er die Antwort hören wollte. „Und was passiert jetzt?“

„Ich fahre nach Hause.“ Sie starrte in ihre Tasse.

Obwohl sie ihn nicht sehen konnte, nickte Adam, nahm einen Schluck und hakte dann nach. „Kommst du wieder?“

Dieses Mal hob sie den Kopf und blickte in seine Augen. „Ich weiß nicht. Ich weiß es wirklich nicht.“

KAPITEL ZWANZIG

„Du kannst nicht ewig zuhause sitzen und Trübsal blasen." Megs Mom stand in der Schlafzimmertür, die Hände in die Hüften gestellt. „Ich weiß, dass es ziemlich düster aussieht, aber dein Vater und die Behörden haben mindestens zwei Bankkonten im Ausland entdeckt und suchen weiter, wo Jonathan den Rest des Geldes versteckt hat, den er seinen Klienten gestohlen hat. Es wird Verluste geben, aber es ist nicht so schlimm, wie es hätte werden können, wäre das noch Jahre so weitergegangen."

Meg nickte. Sie war froh, dass die Behörden auch das Geld gefunden hatten, das im Kofferraum versteckt war und dass die Klienten ihres Vaters einen Großteil ihrer Investitionen zurückbekommen würden, doch ihr war nicht danach, darüber zu reden.

„Margaret Colleen." Ihre Mutter stampfte ins Zimmer und blieb neben ihrem Bett stehen. „Es ist an der Zeit, das Ganze hinter dir zu lassen. Jonathan Cox oder wie auch immer er heißt ist es nicht wert, dass du so viel grübelst."

Auf dem Computerbildschirm sah Meg sich die Details eines Immobilienvertrags an. Das erste, was sie getan hatte, war es, einen Makler zu engagieren, um ihre Eigentumswohnung auf den Markt zu stellen, und innerhalb eines Tages hatte sie bereits mehrere Angebote. Ein Hoch auf den boomenden Immobilienmarkt in Dallas. Auch wenn sie beim Verkauf des

Ferraris, ihres Diamantrings und anderer Dinge, die Jonathan mit ihrer Kreditkarte bezahlt hatte – wie etwa die Flitterwochen in Paris – Verlust gemacht hatte, schien der Bieterkrieg für ihre Eigentumswohnung sie wieder ins Plus zu bringen. Nicht weit, aber es war nicht zu verachten.

„Hast du mich gehört, junge Dame?" Finster dreinblickend verschränkte ihre Mutter frustriert die Arme. Gleich würde sie anfangen, mit dem Fuß aufzustampfen.

„Ich blase kein Trübsal, Mom. Ich kümmere mich um Geschäftliches." Und vielleicht fragte sie sich zum milliardsten Mal, was Adam wohl gerade machte.

Auf ihrem Laptop kam eine Nachricht herein. Von Abbie. Diese Frau war eine tolle Chefin gewesen und war, seit das Jonathan Debakel sich zugespitzt hatte, eine sogar noch bessere Freundin geworden. Froh über die Ablenkung tippte Meg auf der Tastatur.

ABBIE: Hast du von Myrtle Yantz gehört?

MEG: Nein. Warum?

ABBIE: Enkel Nummer zwei ist auf dem Weg. Sie hat sich entschlossen, nicht wieder nach Tuckers Bluff zurückzukehren.

Was für Geschäfte?", fragte ihre Mutter.

ABBIE: Ihr Haus wurde gerade auf den Markt gestellt.

Wirklich? Meg blickte auf das Angebot für ihre Eigentumswohnung. Der Immobilienmarkt in Dallas und Tuckers Bluff lag Welten auseinander.

„Also?", wiederholte ihre Mutter.

ABBIE: Kann mir nicht vorstellen, wer das riesige alte Ding kaufen will. Es ist so viel Arbeit daran nötig.

Als der Funken einer Idee in ihr Fuß fasste, zog ein Lächeln an einer Seite von Megs Mund und breitete das Grinsen bis zur anderen Seite ihrer Lippen aus, bis die nun manifestierte Idee, sie den Laptop beiseiteschieben ließ und sie aus dem Bett sprang.

„Die beste Art Geschäft, Mom." Meg küsste ihre Mutter auf die Wange und flitze an ihr vorbei, wobei sie wiederholte: „Die absolut beste."

Hinter seinem Tisch versuchte Adam vergebens seinen Papierkram zu erledigen. In letzter Zeit war die Arbeit mit den Tieren die einzige Sache, bei der er fokussiert war. An seinem Schreibtisch oder wenn er auf der Ranch half, drehten sich seine Gedanken nur um Meg. Auf ihr, unter ihr oder einfach an jedem Ort, wo zwei Menschen Platz hatten. Nicht zum ersten Mal dachte er darüber nach, wie unmöglich es war, sein Leben über den Haufen zu werfen und der Frau nach Dallas zu folgen.

„Es funktioniert besser, wenn du den Stift auf dem Papier aufsetzt." Becky betrat den Raum und ließ sich auf einen der zwei Stühle neben seinem Tisch fallen.

„Ich weiß."

„Hast du mit ihr geredet?"

Es war unnötig zu fragen, wen sie mit *ihr* meinte. Er und Becky hatten diese Unterhaltung bereits geführt. Er schüttelte den Kopf. Es machte auch keinen Sinn, zu erwähnen, wie oft er das Telefon schon in die Hand genommen hatte, um Meg anzurufen. Hallo zu sagen. Einfach nur Hallo. Und dann das Handy wieder wegzulegen, da eine kleine Plauderei nicht genug sein würde.

„Hey, hast du gehört?" Kelly kam durch die Tür

gehüpft. „Jemand hat Myrtles Haus gekauft."

Beckys Gesichtszüge entglitten. „Du machst Scherze?"

„Nein." Kelly setzte sich auf den zweiten Stuhl. „Der Makler hat gerade einen Verkauft-Aufkleber auf das Schild geklebt. Sagte, dass ein Bargeldangebot eingegangen ist und der Vertrag nach einer Woche besiegelt war. Wer würde diese alte Hütte so sehr wollen, um sich so zu beeilen?"

„Ich weiß nicht." Adam hob seinen Stift. „Aber falls ihr Ladys es nicht bemerkt habt, ich habe Arbeit zu erledigen."

„Niemand von hier sicherlich", antwortete Becky ihren Boss ignorierend.

„Ich frage mich, was sie damit machen werden?" Kelly rutschte in dem schwachen Versuch, wieder aufzustehen und an die Arbeit zurückzugehen, ein paar Zentimeter nach vorne.

Becky zuckte mit den Achseln. Das Geräusch eines Wagens, der auf den Parkplatz vor der Klinik fuhr, erregte die Aufmerksamkeit der drei.

„Wir haben doch keine Termine mehr, oder?", fragte Adam.

Die beiden Frauen ihm gegenüber schüttelten die Köpfe und streckten die Hälse, um aus dem Fenster zu sehen. Becky war die erste, die die Besucherin erblickte und ihre Augen wurden so rund wie der Vollmond. „Heilige Scheiße." Sie sprang auf und stürmte zur Tür.

Kelly kniff die Augen zusammen und schaute noch einmal hin. „Also, laus mich der …"

„Was?" Eine Autotür schlug zu, aber Adam war nicht schnell genug, um die Fahrerin zu sehen. Bis er sich umblickte, waren seine beiden Angestellten bereits verschwunden und stürmten zur Tür hinaus.

„Was zum Teufel?" Nur ein Notfall konnte die beiden Mädchen so schnell laufen lassen, als würde die

Scheune in Flammen stehen. Er war halb den Gang hinuntergegangen, als sein rothaariger Engel in einem weißen ärmellosen Kleid in der Tür stehenblieb.

„Da ist dieser Hund …" Megs Worte waren sanft und leise.

Die vertrauten Worte von vor ein paar Wochen vermischt mit dem sinnlichen Klang ihrer Stimme ließen sein Herz höherschlagen und all seine Sinne in Alarmbereitschaft gehen. „Hund?"

„Ich habe aufs Tageslicht gewartet. Ich muss ihn finden." Sie bewegte sich langsam vorwärts.

Plötzlich wie ausgedörrt konnte sein Mund kaum die Worte formen. „Könnte es sein, dass du einen Kojoten gesehen hast?"

Sie schüttelte den Kopf. „Der Kojote ist in Dallas." Glasige, hoffnungsvolle Augen blickten in seine.

„Ich könnte dir helfen, ihn zu finden." Adam ging auf sie zu und erlaubte sich zu hoffen, dass sie wegen ihm hier war. Er wollte, konnte sich jetzt nicht zurückhalten.

„Er ist ein raffiniertes Kerlchen. Ihn zu finden, könnte eine Weile dauern." Sie standen sich nun gegenüber.

Sanft ließ Adam seine Hand auf ihre Taille fallen. „Dann musst du bleiben, bis wir ihn finden."

Nickend berührte ein zaghaftes Lächeln ihre Lippen. „Ich habe Myrtles Haus gekauft. Dachte, dass es ein wunderbares Bed-and-Breakfast abgeben würde."

„Klug, schön, liebt Tiere und kann kochen." Er hoffte, dass sein Tonfall verschleiern konnte, wie verdammt nervös er war.

„Nun" – ihr Lächeln wurde stärker, strahlender – „in meinen Plänen gibt es noch einige Hürden."

Sein Adrenalin und seine Erwartungen schossen in die Höhe. Es war Zeit, auf den Punkt zu kommen.

„Und was sind diese Pläne, Meg?

Die letzten Zentimeter zwischen ihnen verschwanden und Meg legte ihre Arme um seinen Hals und zog seinen Kopf zu sich herab. Sie fing seinen Mund mit einem brennenden Kuss ein. Klare Gedanken verschwommen, Warten wich Freude und Vergnügen. Sie war hier, bei ihm. Und wenn er ein Wort mitzureden hatte, dann würde sie Tuckers Bluff nie wieder ohne ihn verlassen.

Erfüllt von Begehren und Sehnsucht und einem alles einnehmenden Verlangen, mit diesem rothaarigen Engel eins in Körper und Seele zu sein, fehlte nur noch eines. Sich langsam von ihrem Mund lösend berührte er erst einen Rand ihrer Lippe und dann den anderen. Ihr leises Stöhnen und die warmen Fingerspitzen, die seinen Nacken entlangstrichen, machten es ihm noch schwerer, zurückzuweichen. Doch er musste. Er musste deutlich sein. Die Erregung, die durch seine Adern schoss, ignorierend atmete er tief ein. Seine Lippen nur einen Atemzug von ihr entfernt überschritt er die letzte Grenze. „Ich liebe dich, Margaret Colleen O'Brien."

Ihre Lippen strichen gegen seine und ihr heißer Atem quälte gnadenlos seine Sinne. „Gott, ich hoffte, ich wäre nicht die Einzige. Ich liebe dich, Adam Farraday."

Noch nie hatten Worte so süß geklungen. Sie an sich ziehend vereinte sich sein Mund mit ihrem. Diese Frau für immer in seinen Armen zu halten, wäre nicht lange genug.

Das Klackern von Schuhen auf dem gefliesten Boden wurde lauter und stoppte in der Nähe. „Deine Tante … ups."

„Ups, was?", fragte Eileen Callahan nur wenige Schritte hinter Becky, bevor sie aufblickte und abrupt Halt machte. „Oh … gut." Ihr Gesicht leuchtete mit einem strahlenden Lächeln. „Wurde auch verdammte Zeit. Einer erledigt, noch sechs übrig."

EPILOG

„Hört ihr beiden endlich auf? Die Tapete löst sich nicht von selbst."

Brooks drehte Meg und seinem Bruder den Rücken zu. Die beiden wie verliebte Teenager küssen und grinsen zu sehen wurde langsam unangenehm. Nachdem er einen weiteren Wandabschnitt eingeweicht hatte, nahm er den großen Spachtel und fing an, all seine aufgestaute Frustration in die Arbeit zu legen, um einhundert Jahre alte Tapete von der Ostwand des Wohnzimmers zu kratzen.

Fast einen Monat schon hatte die Familie immer wieder ein paar Stunden hier und da – und die meisten Samstage und Sonntage – damit verbracht, Tapeten zu entfernen, morsche Balken und Dielen zu ersetzen, zu schleifen, anzustreichen und Rohre zu wechseln. Also ziemlich alles Erdenkliche zu tun, um dieses alte viktorianische Gebäude wieder auf Vordermann zu bringen.

„Also wirklich" – dieses Mal war es Tante Eileen, die schnaubte – „man könnte meinen, ihr wärt das erste Paar das sich je verlobt hat." Kopfschüttelnd stapfte ihre Tante davon.

„Ein kleiner Kuss", murmelte Adam, als er sich von seiner neuen Verlobten löste und sich wieder daran machte, die eingeweichten Wände abzuschaben.

„Ein?", rief D.J. aus dem Gang.

„Kleiner?" Brooks blickte seinen älteren Bruder

wieder an. „Ich habe mir wirklich überlegt, einen Eimer Wasser über euch zu schütten. Ihr wisst schon, damit das Haus nicht abfackelt."

„Ha, ha", warf Adam zurück.

Meg hingegen schlenderte zu ihrem zukünftigen Schwager, stellte sich auf die Zehenspitzen und gab Brooks einen Kuss auf die Wange. „Danke, dass du dir um mein Haus Sorgen machst."

Mit Meg in der Nähe konnte man einfach nicht lange sauer sein. Jahrelang hatten sich die Brüder geneckt und beschimpft, aber Meg hatte etwas an sich, das all das Wutgeheul verstummen ließ. „Jederzeit."

„Aufpassen. Sie ist vergeben", rief Adam schmunzelnd.

Als gäbe es eine Person in dieser Stadt, die das nicht bereits wüsste.

„Wer hat den Hammer?" Ihr Vater kam zu ihnen ins Wohnzimmer. „Meinen Hammer."

„Diesen?" Adam hob den Zimmermannshammer, den sein Vater immer benutzte.

„Ja, diesen." Kopfschüttelnd kehrte das Familienoberhaupt wieder zu seinem Abrissprojekt im Badezimmer zurück. Urtümlich in einer Ecke unter der Treppe installiert, hatte Meg entschieden, dass – für ein Bed-and-Breakfast – etwas ein wenig Geräumigeres von Nöten sein würde. Also wandelte Dad es zu einer Garderobe um.

„Essen ist fertig", rief Eileen aus der neuen Küche.

„Immer wenn ich hier reinkomme, raubt es mir den Atem." Meg sah sich in dem neugestalteten Raum um. Professionelle Küchengeräte, Arbeitsplatten aus Schiefer, neue Schränke und eine Kücheninsel groß genug, um für jedes Mitglied des Farraday-Clans Platz zu bieten. „Es ist einfach umwerfend."

„Herz des Hauses und so." D.J. schnappte sich einen Tortilla Chip und belud ihn mit einem Klecks

Guacamole. „Lecker wie immer, Tante Eileen."

Adam schmiegte sich an Meg, legte eine Hand um ihre Taille und flüsterte ihr etwas ins Ohr, das nur sie hören konnte, bevor er ihre Schläfe küsste. Die Geste war nichts Großartiges oder Lebensveränderndes oder Weltbewegendes, und doch traf Brooks die tiefe emotionale Bindung, die er in dieser Geste sehen konnte. Bis jetzt hatte er nie an Liebe und Heirat und eine eigene Familie gedacht. Vielleicht war es an der Zeit, seine Regel, niemanden aus der Stadt zu daten, über den Haufen zu werfen.

Andererseits, Adam hatte diese unerschütterliche Regel der Farradays nicht gebrochen. Er hatte sein Schicksal gefunden, als dieses mitten im Nirgendwo gestrandet war. Brooks schüttelte den Kopf. So viel Glück würde er nie haben. Wie standen die Chancen, eine weitere Frau am Straßenrand zu finden?

BROOKS' VERBOTENE

SEHNSUCHT

Brooks Farraday streifte seine OP-Handschuhe ab und schleuderte sie quer durch den Raum. Er hatte alles in seiner Macht Stehende getan, um die achtzigjährige Frau zu stabilisieren, doch Sam hatte zu lange damit gewartet, Liza einzuliefern. Es gab nichts, was Brooks noch tun konnte und die nächste medizinische Einrichtung, die eine Notoperation am Herzen durchführen konnte, war mehr als eine Stunde entfernt. Frustration machte sich in ihm breit, als er den Raum durchquerte, die Handschuhe vom Boden aufhob und sie in den Mülleimer warf. Verdammt, er hasste solche Tage.

Sam jetzt gegenüberzutreten war das Letzte, was er wollte. Erst vergangene Woche war die ganze Gemeinde zu ihrem sechzigsten Hochzeitstag zusammengekommen. Brooks' Praxis hier war klein: ein Wartezimmer, eine zu einem Labor umfunktionierte Küche, eine Abstellkammer, die als sein Büro diente, und zwei Untersuchungszimmer. Selbst ein Marsch durch die Flure des Taj Mahal wären nicht lang genug gewesen, um das Unvermeidliche hinauszuzögern. Sam und eine Handvoll seiner und Lizas acht Kinder starrten Brooks an. So sehr er sich auch bemühte, in solchen

Situationen Emotion zu vermeiden, war ihm der Verlust dennoch anzusehen. Zwei der Töchter brachen in Tränen aus.

„Es tut mir so leid", sagte er.

Sam, ein grauhaariger und drahtiger Mann, senkte den Kopf. „Du hast alles getan, was du konntest. Das weiß ich. Liza und ich sind dir dafür sehr dankbar." Der alte Mann drehte sich um und ging zur Tür hinaus, bevor Brooks ihm anbieten konnte, sich noch ein letztes Mal zu verabschieden.

„Wir wussten, der Tag würde kommen, Brooks. Moms Herz war schon fast ein Jahrzehnt lang nicht mehr das beste." Sam und Lizas ältester Sohn gab Brooks einen Klaps auf den Arm, ließ seinen Blick durch den kleinen Raum schweifen und wandte sich dann ab. „Ich sollte besser zu Dad gehen."

In einem Strudel von Bewegungen sprachen die übrigen Geschwister ein paar Worte, bevor sie ihrem Vater folgten.

Nora Brown, seine Krankenschwester, tauchte hinter ihm auf. „Ich habe Andy vom Bestattungsinstitut angerufen. Er ist auf dem Weg hierher."

Brooks senkte den Kopf. Es war seine Aufgabe, Leben retten.

„Außerdem hat Meg angerufen und wollte dich an den Besuch ihrer Freundin erinnern. Sie schlug vor, heute Abend mit ihnen zu essen."

Er ließ seine Augen zufallen und stieß einen müden Seufzer aus. Ihm war nicht nach Geselligkeit zumute.

„Ich soll dir auch ausrichten, dass Freitagabend auch in Ordnung wäre, wenn dir das besser passt."

Seine zukünftige Schwägerin schien in der Lage zu sein, seine Gedanken vom anderen Ende der Stadt aus zu lesen, noch bevor er wusste, was er dachte. Gott möge seinem Bruder Adam beistehen. Aus Vorfreude auf die Ankunft ihrer Collegefreundin zur Hochzeit war

Meg tagelang, wie ein kleines Mädchen mit einem neuen Springseil, herumgehüpft. Doch gestern hatte sie ihn plötzlich angerufen, weil sie sich wegen ihres seltsamen Verhaltens Sorgen um ihre Freundin machte. Sie hatte Brooks gebeten, zum Abendessen vorbeizukommen, um zu sehen, ob es auch anderen auffiel. Er nickte Nora zu, die geduldig auf seine Antwort wartete. „Danke. Ich werde ihr eine—"

Die Eingangstür flog auf und Paul Brady kam hereingestürmt. „Es ist so weit, Doc. Betty Sue, sie ist im Auto. Sagt, sie bewegt sich nicht. Sie hat mich geschickt, um dich zu holen."

Brooks machte kehrt und rief über seine Schulter: „Wie lange hat sie schon Wehen?"

„Keine Ahnung. Aber die Schmerzen kommen im Abstand von fünf Minuten."

Brooks ging schnellen Schritts zu dem Auto, das mit einem Reifen schief auf dem Bordstein stand. Er musste wegen dieses verrückten Parkversuchs fast lachen. *Erstlingseltern.*

Der werdende Vater kam vor ihm beim Auto an und riss die Beifahrertür auf.

„Hey, Doc", sagte Betty Sue mit zusammengebissenen Zähnen.

„Wie läuft's denn so? Meinst du, wir können dich reinbringen?"

Betty Sue hechelte sich durch eine Wehe, nickte und atmete dann lange und tief aus. „Eigentlich möchte ich gerne pressen, aber wenn du mir kurz helfen könntest." Sie streckte ihren Arm aus und beugte sich nach vorne. „Mit der Hilfe von unserem Ricky Ricardo hier war ich mir nicht sicher, ob wir es schaffen würden."

Diesmal musste Brooks über die Anspielung auf *Alle lieben Lucy* wirklich kichern. Es fiel ihm nicht schwer, sich Paul Brady so zerstreut vorzustellen, wie

Ricky Ricardo es war, als sein TV-Sohn geboren wurde. „Wenigstens hat er dich nicht vergessen", sagte Brooks mit einem trägen Lächeln, während er seinen Arm um Betty Sue legte und sie auf ihre Beine hievte. Erst jetzt bemerkte er den wütenden Blick, den sie ihrem Mann zuwarf. „Echt jetzt?"

„Ja, hat er. Er war schon fast aus der Einfahrt, bevor er wendete, um mich zu holen." Betty Sue schaffte es gerade einmal bis zur Türschwelle, bevor sie sich unter einer weiteren Wehe krümmte.

„Atmen", ermutigte sie Brooks. Nach seiner Einschätzung lagen ihre Wehen nur noch zwei oder drei Minuten auseinander. Wenn sie sich nicht beeilten und sie hineinbrachten, konnte es gut sein, dass er dieses Baby auf dem Bürgersteig zur Welt brachte. „Wie lange hast du schon Wehen?"

Die hochschwangere Frau atmete erneut tief aus. „Ich bin heute Morgen gegen fünf Uhr von ein paar Scheinwehen aufgewacht, aber gegen sieben wurde mir klar, dass es richtige Wehen waren. Nicht allzu nah beieinander. Ich habe mich auf einen langen Tag vorbereitet." Sie ging weiter in das Wartezimmer. „Aber vor etwa einer Stunde fingen sie an, sehr schnell zu kommen."

„Nun, es sieht so aus, als hätte es Paul Junior für dein erstes Baby sehr eilig."

Andy, vom Bestattungsinstitut, kam durch die offene Tür und blieb abrupt stehen. Er war so klug, zu warten, bis Brooks und seine Patientin am ersten Untersuchungszimmer vorbei waren, bevor er Nora fragend ansah.

„Zimmer eins", sagte Nora nur.

Im zweiten Untersuchungszimmer setzten Brooks und Paul Betty Sue auf die Behandlungsliege. Dieser Raum war etwas größer als das erste Untersuchungszimmer und diente mit einem schönen Bett und heimeligen Dekorationen auch als Geburtsraum. Hinter ihnen kam Nora herein und stellte Sauerstoff bereit. Nur für den Fall.

„Lass mich mal sehen." Wie Brooks erwartet hatte, war Betty Sues Muttermund vollständig geweitet. Baby Paul war bereit für seinen Auftritt. „Ich weiß, dass du pressen willst, aber ich brauche noch ein paar Sekunden."

Sich durch eine weitere Wehe hechelnd, nickte Betty Sue und streckte die Hand nach ihrem Ehemann aus. Die Geburt verlief routinemäßig und sehr zügig und innerhalb von nur fünfzehn Minuten erblickte Paul Brady Junior das Licht der Welt.

„Bereit, deinen Sohn zu halten?", fragte Brooks Betty Sue.

Mit einem Lächeln, das strahlender war als das eines Kindes am Weihnachtsmorgen, streckte die frischgebackene Mutter ihre Arme aus. Paul küsste die Stirn seiner Frau und dann den Kopf des winzigen Jungen.

„Wir müssen ihn wiegen und ein paar Standardtests durchführen, aber das kann noch ein paar Minuten warten, damit ihr drei euch kennenlernen könnt." Brooks trat zurück, seinen Blick auf das Neugeborene gerichtet. Der Kreislauf des Lebens. „Willkommen in der Welt, junger Mann. Willkommen in der Welt."

„Ich gehe mit und erhöhe um fünf." Antoinette Castellano-Bennett warf ein paar Chips in den wachsenden Stapel. Als sie sich vorgestellt hatte, wie es sein würde, nach West-Texas zu kommen und ihre Zimmergenossin vom College zu besuchen, war Pokern mit den alten Leuten nicht der Zeitvertreib gewesen, der ihr in den Sinn gekommen war.

„Ich bin raus." Dorothy Wilson, eine liebenswürdige und freundliche ältere Dame, legte ihre Karten verdeckt auf den Tisch.

„Ich auch." Sally May, eine attraktive Frau mit hochgesteckten, graumelierten Haaren und mit einem Deutschen Schäferhund zu ihren Füßen, legte ihre Karten mit einem Seufzen ab.

„Dann bleibe wohl nur noch ich übrig." Eileen Callahan, die Matriarchin der Familie, in die Tonis Freundin einheiratete, grinste so breit wie der texanische Horizont. Mit einer Hand warf sie noch mehr Chips in den Pott, während sie mit der anderen ihre fünf Karten offen vor sich hinlegte. „Drei Asse."

Das letzte Mitglied der Truppe, Ruth Ann, stieß ein frustriertes Stöhnen aus. Die kleine, sehr dünne Frau mit den zu einem lockeren Pferdeschwanz gebunden langen, grauen Haaren, erinnerte Toni in ihren Jeans und dem blauen Langarmshirt an das, was sie sich unter der Frau eines Ranchers vorgestellt hatte. Nur dass sie nicht über Rinder oder Hühner sprach, sondern jeder zweite Satz etwas mit ihrer kürzlich erfolgten Ballen-OP zu tun hatte. „Damit bin ich raus. Ich habe nur zwei Paare."

Somit hatte nur noch Toni Karten in der Hand. „Tut mir leid, Ladys. Full House: drei Damen und ein Paar Zehner."

„Ich werde mal zur Damentoilette spazieren." Sally May richtete sich auf. „Vielleicht bringt mir das Glück."

Eileen sammelte die Karten vom Tisch ein. „Also, erzähl uns doch mehr über deinen viel-reisenden Ehemann."

Während Toni ihre gewonnenen Chips in farblich passende Stapel aufteilte, überlegte sie, was sie sagen sollte. Der Anruf, der ihren Mann dazu veranlasst hatte, seine Koffer zu packen und zum Logan Airport zu eilen, um einen Flug in eines dieser Irgendwas-*stan* Länder anzutreten, war ein unerwartetes Geschenk gewesen. William arbeitete eigentlich nicht mehr auf Baustellen im Ausland, aber als der Projektbeauftragte Ingenieur auf dem Weg zum Flughafen einen schweren Herzinfarkt erlitt, suchten die Partner händeringend nach einem Ersatzprojektleiter, und William war der Einzige, der flexibel und qualifiziert genug war, um das zu erledigen.

Die Erinnerung an die grauenvolle zwanzigminütige Hektik ließ sie ihre Chips noch fester umklammern.

„Verdammt noch mal, Antoinette. Da ist zu viel Stärke in meinen Hemden. Schon wieder."

„Es tut mir leid." Sie hasste es, Hemden zu bügeln. „Vielleicht ist dieses hier—"

William riss ihr das Hemd aus der Hand und stopfte es in seinen Koffer. „Ich will das Hemd nicht im Flugzeug tragen."

Toni wich aus seiner Reichweite zurück. Diesen Fehler würde sie nicht noch einmal machen.

„Wenn dieser dumme Heini in der Reinigung die Stärke richtig hinbekommt, gibt es keinen Grund, warum du das nicht auch hinbekommen solltest. Man muss kein Rhodes-Stipendiat sein, um ein Hemd zu bügeln."

„Toni?" Eileens Hände hatten mitten unterm Mischen aufgehört und ihre Augenbrauen waren besorgt zusammengekniffen.

„Sorry, ich war mit den Gedanken woanders. Ja. William reist nicht mehr viel. Er passt gut auf mich auf. Mag es überhaupt nicht, von mir getrennt zu sein, aber dieses Mal hatte er keine Wahl."

„Nun, es war ein großer Zufall, dass seine längere

Reise mit meiner Hochzeit zusammenfällt, auch wenn ich meine besten Überredungskünste einsetzen musste, um dich dazu zu bringen, mich jetzt schon zu besuchen und nicht erst am Hochzeitswochenende." Meg O'Brien – zukünftige Farraday – stellte sich mit einer Kaffeekanne in der Hand neben Toni. „Klingt, als wäre er ein sehr liebevoller Ehemann geworden."

„Ja, liebevoll." Toni zwang sich zu dem *Ich bin so glücklich verheiratet*-Plastiklächeln, das sie in der Öffentlichkeit immer aufsetzte. Unter dem Tisch die Hände zu Fäusten ballend, verdrängte sie die letzten Worte ihres Mannes auf dem Weg zur Tür.

„Ich weiß nicht, wie zuverlässig die Satelliten in diesem gottverlassenen provisorischen Ingenieurslager sind. Vergiss um Gottes willen nicht, dein Handy aufzuladen. Oder noch besser, bleib in der Nähe des Hauses. Wer weiß, was ich in dieser armseligen Gegend noch alles brauchen werde … "

Sie wusste, was in der Nähe des Hauses bedeutete. Nicht, als wäre es hart, das einzuhalten. Wo konnte sie schon hin?

„Meine Mutter wird in ein paar Wochen von ihrer Kreuzfahrt heimkehren. Wenn sie zurückkommt, werde ich dafür sorgen, dass du bei ihr wohnst, solange ich weg bin." Sein Blick huschte durch die makellose Wohnung. „Wenn ich es irgendwie einrichten kann, bin ich früher als in drei Monaten wieder da. Dieses Drecksloch ist kein Ort für einen Mann wie mich."

Sie nickte. Sie war sich nicht sicher, was er als nächstes von ihr erwartete. Würde er jetzt wollen, dass sie ihm den Rest seiner Sachen reichte, damit das Packen schneller ging, oder war das der Zeitpunkt, an dem nichts, was sie tat, richtig war? Der Wutausbruch über das Hemd hatte sie glauben lassen, dass es besser wäre, auf Anweisungen zu warten. Vielleicht.

„Meg hat Recht." Eileen verteilte die Karten „Es ist

immer schön, Freunde zu Besuch zu haben. Und sie hat mir erzählt, dass du auch eine gute Köchin bist? Sie muss ein bisschen gemästet werden. Da sie jeden Morgen hier arbeitet und den Rest der Zeit dieses alte Haus renoviert, ist sie bald nur noch Haut und Knochen. Da fällt mir ein." Während sie ihre Karten sortierte, schaute Eileen über ihre Schulter zu Meg. „Ich bin fast fertig mit den Gardinen für die alte Stube. Das sind die letzten Vorhänge."

„Klingt, als wäre es Zeit für eine Dekorationsparty." Sally May hob ihre Karten auf.

Eileen nickte. „Es hat Spaß gemacht, das alte Haus wieder zum Leben zu erwecken."

Nach dem, was Meg Toni erzählt hatte, verbrachte der Farraday-Clan mehr Zeit damit, das alte viktorianische Haus herzurichten, als sie in ihre eigenen Häuser investiert hatten. Meg schien jede Minute davon zu genießen, plötzlich Teil einer großen, eng zusammengeschweißten Familie zu sein. Toni konnte sich das nicht vorstellen. Wann immer die Familie ihres Mannes in Boston aufkreuzte, war Hilfsbereitschaft nicht das erste Wort, das ihr in den Sinn kam.

„Klingt gut." Ein Kunde vom anderen Ende des Cafés winkte Meg herüber und sie verschwand in seine Richtung.

Als Toni William heiratete und sich im belebten Herzen von Bostons Back Bay niederließ, dachte sie, sie hätte im Lotto gewonnen. Doch jetzt, wo sie sah, wie Meg lächelte und von Tisch zu Tisch flatterte und von innen heraus strahlte, fragte sich Toni, ob sie jemals so glücklich gewesen war. Ohne ihre Karten richtig zu betrachten, warf Toni sie auf den Tisch. „Ich glaube, ich setze dieses Mal aus. Ich könnte ein wenig frische Luft gebrauchen."

„Oh, gut." Ruth Ann sprang lachend auf. „Ich setze mich auf den heißen Platz, solange sie weg ist."

Meg eilte zurück zum Tisch. „Willst du schon gehen? Ich habe nur noch etwa eine halbe Stunde, bis Shannon kommt."

„Ich wollte mir eigentlich nur die Beine vertreten, aber vielleicht wäre ein schöner Spaziergang nach Hause besser."

Meg musterte sie ein wenig länger, als ihr lieb gewesen wäre. „Gute Idee. Die Hintertür ist nicht verschlossen. Ich komme so schnell wie möglich nach."

„Keine Eile."

„Findest du den Weg?"

Toni musste fast lachen. Die Stadt war nicht besonders groß, und das, was es gab, war in einem einfachen Raster gebaut worden. Sie würde keine fünfzehn Minuten brauchen, um die Hauptstraße hinunterzulaufen und dann in Megs Block einzubiegen. „Ich komme schon zurecht."

„Sehen wir dich am Samstag zum Kartenspielen?" Dorothy Wilson blickte auf. „Nora ist samstags dabei."

„Ich weiß nicht. Kommt darauf an, wieviel Arbeit noch bei Meg erledigt werden muss", sagte Toni.

„Arbeit, von wegen!" Meg zwinkerte ihrer Freundin zu. „Am Samstag fahren wir nach Abilene. Ich muss noch ein paar Einkäufe machen."

„Ich bin dabei." Toni lächelte ihre Freundin an und bemerkte, dass sie zum ersten Mal seit sehr langer Zeit wirklich aus tiefstem Herzen lächelte.

Obwohl sie die Läden auf der Main Street schon beim Fahren durch die Stadt gesehen hatte, nahm sie sich jetzt die Zeit, die Leute zu beobachten, die kamen und gingen, und die Schaufenster etwas länger zu betrachten. Das Innere des Cut and Curl sah so aus, als hätte es sich seit dem Tag, an dem es gebaut worden war, nicht viel verändert. An der Rückwand waren mehrere der altmodischen riesigen Haartrockner aneinandergereiht. Sogar jetzt saßen dort zwei Frauen Seite an Seite und blätterten in Zeitschriften.

Wenn Toni sich West-Texas vorstellte, hatte sie eine Vision von Clint Eastwood, der Kühe durch eine Stadt mit hölzernen Bürgersteigen jagte. An Andy Griffiths Mayberry hatte sie nicht gedacht.

Als sie gerade um die Ecke in Megs Straße biegen wollte, erregte ein dumpfes *Wuff* ihre Aufmerksamkeit. Da sie noch zu weit von den Wohnhäusern entfernt war, um in der Nähe eines Gartens mit einem Hund zu sein, hielt sie inne und sah sich um. Nichts. Nach ein paar weiteren Schritten hörte sie es wieder, nur dass das Geräusch dieses Mal mehr wie ein Winseln klang. Woher kam es?

Toni nahm sich Zeit, die Gegend abzusuchen, und ging langsam und vorwärts, wobei sie aufmerksam lauschte. Da war es wieder, ein wenig lauter, und es kam von der anderen Straßenseite. Sie verließ den Bordstein und forderte das Tier geradezu auf, sich zu zeigen. Eine Bewegung im Gebüsch neben einem mit Brettern verkleideten Haus verriet ihr, dass sie in die richtige Richtung ging, als eine schwarze Schnauze auftauchte, gefolgt von einem felligen Körper und schließlich einem hängenden Schwanz. Das Tier kam auf sie zu … Und es hinkte.

Für einen kurzen Moment hatte sie gedacht, es könnte Sally Mays Schäferhund sein, aber dann stellte sie fest, dass dieser Hund eher grau als braun war und etwas kleiner als der achtzig Pfund schwere Schäferhund. „Oh. Na du?" Sie war fast auf der anderen Straßenseite, als sie in die Hocke ging und wartete, bis der Hund die Lücke zwischen ihnen schloss. „Was ist passiert?"

Ohne jedes Anzeichen von Angst oder Zögern kam der Hund auf sie zu und stupste mit seiner Nase gegen ihre ausgestreckte Hand.

„Na, du bist aber ein freundliches Kerlchen, nicht wahr?"

Sein Schwanz wedelte kurz, als Toni den Hund hinter dem Ohr kraulte und dann mit der anderen Hand seinen Rücken entlang strich. Oder ihren. Kein Halsband. Kein zotteliges Fell. Dünn, aber nicht knochig. Der Hund war entweder schon eine Weile auf sich allein gestellt und wusste, wie er sich selbst versorgen konnte, oder er hatte ein geiziges Herrchen. Als sie ihre Hand sanft über das Bein gleiten ließ, das der Hund zu bevorzugen schien, stieß der friedliche Hund ein kleines Winseln aus.

„Okay, sieht so aus, als müssten wir dir einen Tierarzt suchen. Zufällig weiß ich, wo es einen sehr guten gibt."

Der Hund, der die ganze Aufmerksamkeit auskostete, bewegte sich und rieb sich an ihr. Sie verstand genau, wie sich der arme Hund fühlte. Einsamkeit war scheiße.

ÜBER CHRIS KENISTON

Chris Keniston ist Autorin von vierzig zeitgenössischen Romanen und lebt mit ihrem Mann, zwei menschlichen Kindern und zwei Hundekindern in einem Vorort von Dallas. Obwohl sie beide Hunde gleichermaßen liebt, gibt sie zu, eine ganz besondere Bindung zu ihrem Deutschen Schäferhund aus dem Tierheim zu haben. Schließlich verdienen auch Hunde ein Happy End.

Auf www.chriskeniston.com erfahren Sie mehr über Chris Keniston und ihre Bücher.

Folgen Sie Chris Keniston auf Facebook unter dem Namen ChrisKenistonAuthor und auf Twitter unter dem Namen @ckenistonauthor.